Norbert Leppert

Unter der Robe

Norbert Leppert

Unter der Robe

ZEBULON VERLAG

Die Deutsche Bibliothek - CIP-Einheitsaufnahme

Leppert, Norbert:
Unter der Robe / Norbert Leppert. - Düsseldorf : Zebulon-Verl., 1995
(Zebulon-Krimi ; 2)
ISBN 3-928679-31-7
NE: GT

Lektorat: Brigitte Henze
Umschlag: Sabine Bremer
Gesamtherstellung: Ebner Ulm
ISBN 3-928679-31-7

Sämtliche Personen
sind frei erfunden.
N. L.

Inhalt

1

"Darf ich bitten ...?"

Seehusen stand am Fenster der leeren Wohnung und fröstelte.

Vom Osthafen kam kalt der Nebel her und machte alles gleich und grau. In Sack und Asche standen die Hochhäuser, und der Main war trüb und stumpf wie Spülwasser. Nur die Kinder auf der Flößerbrücke, die von der Schule heimkehrten, brachten etwas Farbe in das Grau. Gelb und rot leuchteten ihre Anoraks und Taschen, und als sie das Deutschherrnufer erreicht hatten und an seinem Haus vorbei kamen, erkannte Seehusen, daß einige schon Handschuhe anhatten.

Was hatte heute früh das Radio gemeldet?

Minus acht Grad Celsius auf der Wasserkuppe, und der kälteste November, den Frankfurt seit hundert Jahren erlebte. Vorausgesetzt, die Vorhersage der Meteorologen stimmte und die Temperaturen würden bis zum Totensonntag anhalten.

"Also, Herr Gerichtsdirektor, entscheiden Sie sich! Nehmen Sie die Wohnung oder nicht?"

Seehusen sah noch einmal nach den Kindern, die sich am Frankensteiner Platz trennten und auseinanderliefen. Dann wandte er sich zu der Frau im Raum um, die ihn soeben angesprochen hatte.

Diese Maklerin!

In ihrem feuerwehrroten Kostüm, mit prallsitzendem Lackrock, hatte sie auf dem Kanapee Platz genommen, dem einzigen Möbelstück in der ansonsten leeren Wohnung. Vorn auf den Knien hielt sie ein Köfferchen, echt Plexiglas, so daß jeder sehen konnte, was sie alles bei sich hatte, vom Mietvertrag bis zur Großpackung Londoner, garantiert gefühlsecht. Als hätte ausgerechnet sie ihn glauben machen können, daß es bei ihrer Art Geschäft nichts zu verbergen gab.

"Meinetwegen lehnen Sie ab. Ein Anruf im Büro, und zwanzig Leute stehen hier, die sich um die Wohnung reißen werden. Vier Zimmer, Küche, Bad, zentrale Lage - ohne Handgeld, ohne eine kleine Prämie ist da nichts zu machen! Ich weiß, was Sie jetzt sagen wollen: daß wir den Vertrag haben und daß darin nichts dergleichen steht ... Ich bitte Sie! Die Stadt ist ein Dschungel, sie hat ihr eigenes Gesetz. Glauben Sie, mir macht das Spaß? Zwanzigtausend Mark hab' ich in der letzten Woche verloren, im Prozeß gegen einen Lehrer. Nehmen Sie es mir nicht übel, aber Lehrer und Juristen sind die schlimmsten Kunden. Immer nach dem Haar in der Suppe suchen, und wenn sie keines finden, legen sie es selbst hinein. Also, Herr Gerichtsdirektor, entscheiden Sie sich: Fünftausend Mark, dann bekommen Sie die Schlüssel."

Fünftausend Mark - wofür bitte?

Für das Sofa, übriggeblieben von der Vormieterin? Bei der kleinsten Bewegung ächzte es, und wenn die Maklerin, die jetzt die Schuhe abgestreift und die schwarzbestrumpften Beine hochgelegt hatte, weiter so Gymnastik machte mit den Zehen, würde es mitsamt dem portablen Telefon, das sie aus dem Koffer gezaubert hatte, unter ihr zusammenklappen.

Seehusen knöpfte seinen Mantel auf.

Wo hatte er das Geld hingesteckt?

Heute morgen, gleich nach seiner Ankunft in Frankfurt, nachdem er mit der Maklerin telefoniert hatte, war er vom Hauptbahnhof zur Postbank gegangen, um das Geld abzuheben.

Juristisch war der Handel nicht in Ordnung, und sein Freund Marten, der Oberstaatsanwalt, hätte ihm bestimmt geraten, die Frau und auch die Firma anzuzeigen.

Nur, was wäre dann geworden?

Eine andere Wohnung hätte er nicht so schnell finden können, und die zwei Monatsmieten, die er als Gebühr bereits entrichtet hatte, wären auch weg gewesen, vorerst auf jeden Fall.

Und dann erst Madame Seehusen, die oben im Norddeutschen den Umzug vorbereitete, was hätte er ihr sagen sollen: "Pack alles wieder aus, bleib wo du bist, ich komm' zurück, wir sind zu alt für solche Abenteuer!"

Der Frau Gerichtsdirektor mochte es gar nicht so unrecht sein, überall im Städtchen hatte sie ihre Freundinnen und Bekannten, die sie ungern wegziehen sahen, hingegen er nach der Pensionierung mit einem Schlag völlig isoliert war und um sich alles öd und stumpf gefunden hatte. Nein, für die Zeit, die ihm noch blieb, hatte er nicht in Traurigkeit versinken wollen, hatte nicht zusehen wollen, wie im Garten die morsche Weide ihre Äste immer tiefer hängen ließ, so als wollten sie wieder in die Erde wachsen.

Da war das hier etwas anderes, neu, aufregend, und wenn der Nebel sich verzogen hatte, wenn erst Marten da war, um beim Renovieren zu helfen, dann würde Seehusen aufatmen können und - klopf auf Holz! - so etwas fühlen wie Freude oder wenigstens doch Erleichterung.

“Ist etwas?” erkundigte sich die Maklerin. “Oder warum haben Sie geklopft? Ist etwas mit der Heizung?”

Sie hatte ihr Gespräch beendet und legte das Telefon wieder in das Köfferchen.

“Nichts”, murmelte er und überreichte ihr das Geld. “Langsam wird es wärmer.”

“Ein Grund mehr, hierzubleiben.”

Sie begann das Geld zu zählen, dann erhob sie sich vom Kanapee und drehte ihm den Rücken zu. Im nächsten Augenblick schob sie ihren Lackrock hoch, machte mit der Hand eine Bewegung, die er nicht genau sehen konnte, und ließ die Scheine von oben in die schwarze Strumpfhose gleiten. Einen Moment lang blieb sie so stehen, dann wandte sie sich um, legte die Hand an die vom Geld bedeckte Stelle und sagte: “Darf ich bitten, oder wollen wir erst etwas trinken? Dann holen Sie uns zwei Pikkolo, unten aus der Kneipe.”

“Bedaure”, sagte Seehusen und sah an den Knöpfen seines Mantels herunter. “Ich erwarte noch Besuch.”

“Wenn Sie etwas Besseres vorhaben ... Ich wollte Ihnen etwas Gutes tun. Damit Sie von dem Geld auch etwas haben.”

Sie tat im Ernst so, als wäre sie enttäuscht, zog den Rock wieder herunter und angelte nach ihrem Schuh.

“Dann werd’ ich mich verabschieden. Wann kommt Ihre Frau an?”

“In der nächsten Woche.”

“Dann haben Sie ja noch Zeit. Seien Sie vorsichtig. Viel ist nicht los mit dem Sofa ...”

Dieses Weib!

Seehusen lauschte, bis ihre Schritte im Treppenhaus verhallten.

Sie hatte ihn vernaschen wollen, als wäre er, du liebe Zeit, für so etwas nicht viel zu alt. Was tat ihm nicht alles weh, wenn er morgens aufwachte: im Kreuz ein Ziehen und ein Stechen, links die große Zehe halb taub und die Finger klamm, so daß er den Rasierer kaum halten konnte, sich öfter schnitt und dann mit Blutflecken am Hemd am Frühstückstisch erschien. Nur in der einen Woche in Frankfurt, letztes Frühjahr, zu Besuch bei Marten, war es ihm gutgegangen. So wohlgefühlt hatte er sich lange nicht, und ermuntert von dem jüngeren Studienfreund, war es von da an beschlossene Sache, daß er seine kleine Stadt, in der er zwanzig Jahre lang dem Gericht vorgestanden hatte, verlassen und nach Frankfurt umziehen würde.

Wo Marten nur abblieb?

Um noch bei Tageslicht die Wohnung inspizieren zu können, hatte der Oberstaatsanwalt heute früher Dienstschluß machen wollen. Es gab allerhand zu tun, die Tapete mußte komplett herunter, Türen und Fensterrahmen waren zu streichen, und auch mit dem Parkett, das häßliche Spuren aufwies, mußte etwas geschehen. Für die Kosten hatte Seehusen übrigens selber aufzukommen, das war die Bedingung gewesen. Üblich war das nicht, doch wer in Frankfurt eine Wohnung suchte, durfte nicht viel fragen, sondern mußte zugreifen.

Wie war das mit der Vormieterin, was hatte die Maklerin erzählt: "Etwas sonderbar, die alte Dame! Fünfzig Jahre hat sie hier gewohnt, stellen Sie sich mal vor. Dann hat ein Nachbar sich beschwert, und man hat sie abgeholt und ins Spital gebracht. Sie selber wollte es nicht einsehen, doch es war das beste so ..."

Seehusen begann die Koffer auszupacken. Wo war der Beutel mit dem Werkzeug? Und wo sein Namensschild, ein halbes Kunstwerk, handgeschnitzt jeder Buchstabe?

Zuallererst galt es, das Schild der Vormieterin zu entfernen, was nicht einfach sein würde, da die Schrauben mit dem Holz der Tür fest verwachsen waren.

Da passierte es auch schon. Der Schraubenzieher brach ihm ab, rollte über den Treppenabsatz, fiel in die Tiefe.

Von unten aus dem Treppenhaus kam ein Aufschrei. Dann hörte man Schritte poltern, und als wäre es Satan persönlich, stand Marten da: schwarz der Hut, schwarz die Krawatte, schwarz die Hose und in den Händen einen Beerdigungskranz.

Schwer ging sein Atem, und als er den letzten Absatz erreicht hatte, zog der Oberstaatsanwalt zwischen Trauerschleifen den Schraubenzieher hervor und sagte mit seiner dunklen Stimme: "Falls du mich umbringen willst, Rudolf, die Gelegenheit ist günstig. Ich muß heut eh zum Friedhof."

Damit schob er sich den Hut von der Stirn und ließ sich auf das Kanapee fallen, daß es krachte.

"Bevor du weiter Witze machst ... sag mir, wer gestorben ist."

"Ein Kollege, Richter im letzten großen Nazi-Prozeß. Bestimmt hast du davon gehört."

Richtig, ja. Letzte Woche hatte es in der Zeitung gestanden.

Mitten im Prozeß, zwischen zwei Verhandlungstagen, war der Richter tot in seiner Wohnung aufgefunden worden.

"Stell dir vor: Eineinhalb Jahre Verhandlungsdauer, mehr als hundert Zeugen, drei Millionen Mark Prozeßkosten. Und alles für die Katz. Wir mußten den Prozeß abbrechen."

“Wie alt ist er gewesen?”

“Keine fünfundvierzig Jahre. Und dann bringt er sich um, stell dir das vor. Depressionen. Erst lief ihm die Frau weg, dann die Freundin, und auch mit dem Prozeß kam er nicht zurecht. Ein armer Teufel! Und ich muß jetzt die Trauerrede halten.”

“Du kanntest ihn persönlich?”

“Nur vom Sehen.” Marten begann die Taschen seines Anzugs abzusuchen. “Halt doch mal den Kranz, bitte. Möchte wissen, wo die Rede hin ist.”

Seehusen las die Schrift auf den Trauerschleifen.

Wie hieß der Mensch, dem sie den letzten Gruß erwiesen?

Piezonka.

“So ein Mist!” rief Marten. “Ich hab' mein Manuskript vergessen. Na ja, dann werd' ich mir was Neues ausdenken. Mir fällt schon etwas ein ... Und du”, der Staatsanwalt blickte prüfend um sich, “was machst du inzwischen?”

“Ich fang mit der Arbeit an.”

“Nimm dir als erstes die Tapeten vor. Alles abreißen!”

“Einfach abreißen!?”

“Ja, glaubst du, sie kommen von selber runter? Nein, mein Lieber, so scharf kannst nicht mal du hingucken.” Marten war ans Fenster gegangen. “Das nenn' ich einen Ausblick”, sagte er und sah hinunter zum Mainufer. “Schau dir mal das Fräulein an ... Na, hab' ich zuviel versprochen? Frankfurt hat immer noch sein Fräuleinwunder.”

“Eins deiner Wunder hat mich gerad' fünftausend Mark gekostet.”

“Wie, du hast ...!?” Martens Blick fiel auf den Freund und dann - forschend - auf das Kanapee. “Für fünftausend?”

“Sie hat mir die Wohnung vermittelt.”

“Ach, für die Wohnung”, lachte Marten. “Das ist etwas anderes. Du, ich muß jetzt gehen. Nachher komm’ ich zu spät und werd’ nicht mal mehr den Kranz los. Sobald wir diesen Unglücksraben beerdigt haben, komme ich und helfe dir.”

2

Elsie

Es war die erste Nacht in der neuen Wohnung, und Seehusen, der sonst keine Probleme damit hatte, konnte nicht einschlafen. Am meisten störte ihn, daß er kein Fenster öffnen konnte. Dafür war der Autolärm, der das Haus umtoste und wohl zu keiner Stunde gänzlich verebbte, einfach zu groß.

Ob er von hinten lüften sollte?

Von hinten lüften, hieß, das Fenster in der Küche öffnen, um Luft vom Hof hereinzulassen, wo es nicht so laut war. Dazu hätte er sich allerdings von seiner Campingliege erheben müssen, was insofern auf Bedenken stieß, als er nicht sicher war, ob er sie richtig aufgestellt hatte. Reichlich wacklig war das Gestell, eine Leihgabe von Marten, die der am späten Abend noch vorbeigebracht hatte, damit sich der Freund nicht die Nacht auf dem Kanapee um die Ohren schlug.

Der gute alte Marten! Ohne ihn wäre Seehusen aufgeschmissen gewesen.

Mit Bürste und viel Wasser hatten sie die ersten Tapetenbahnen abgelöst, doch während Marten die Arbeit leicht von der Hand gegangen war, hatte Seehusen öfter dagestanden und sich den Rücken gehalten. Nein, do it yourself war nicht seine Sache, und wenn er es sich leisten konnte - und er konnte es, dank der zur Auszahlung gelangten Lebensversicherung -, warum hätte er sich weiter quälen sollen? Lieber wollte er das Renovieren einem Fachmann überlassen. Marten war auch das recht gewesen, und so hatten sie den Krempel einfach stehenlassen und waren nach unten in die Kneipe gezogen, um das Wiedersehen zu feiern.

Nun aber, seit über einer Stunde, lag Seehusen wach, und er fragte sich, ob er vom Wein ein Glas zuviel oder zuwenig getrunken hatte? Die Szene mit der Maklerin wollte ihm nicht aus dem Kopf. Ob sie so etwas öfter anstellte? Möglich, daß ihr in ihrer Sammlung noch ein Richter fehlte und sie es deshalb auf ihn abgesehen hatte.

Aber so war die Großstadt eben, immer der letzte Tango, nichts vom Schmus des Schifferklaviers, vor dem sich auf dem platten Land, nicht weit vom Meer, niemand retten konnte.

Er war eben eingenickt, da riß ihn ein Klingeln aus dem Schlaf.

Um die Zeit noch, so spät, weit nach Mitternacht? Das Telefon konnte es nicht sein, das sollte erst morgen früh angeschlossen werden. Also war es an der Tür.

Er tappte in den Flur, lauschte.

Kein Zweifel, draußen war jemand.

Doch nicht wieder diese Maklerin?

Seehusen räusperte sich vernehmlich, und dann, mit einer Stimme, als wenn er im Gerichtssaal für Ruhe sorgen müßte, leicht verärgert und ungeduldig, rief er: "Ja, wer ist da, bitte?"

Keine Antwort.

"Hallo!?"

"Ich bin's ... Elsie."

Ein kleiner Ton, kläglich, kaum zu verstehen.

Elsie? Welche Elsie? Seehusen kannte nur eine Else. Die war Referendarin bei ihm gewesen und jetzt, soviel er wußte, als Richterin in den neuen Bundesländern.

“Die Freundin von Piezonka. Bitte öffnen Sie. Ich brauche Ihre Hilfe.”

Piezonka? Der Richter, der sich das Leben genommen hatte?

“Was kann ich für Sie tun?”

“Ich muß Sie sprechen, bitte.”

Vorsichtig schob Seehusen die Tür einen Spalt weit auf.

Ganz in Schwarz stand sie da, bleich im Gesicht und um die Beine einen weiten Hosenrock, der vom Knie an abwärts schlackerte, so als ob sie zitterte.

“Warten Sie! Ich klinke nur die Kette aus.”

Es sah aus, als würde Elsie auf der Stelle zusammenbrechen.

“Kommen Sie”, rief er und stützte sie. “Soll ich einen Arzt holen?”

“Ein Glas Wasser, bitte.”

Wasser ja, aber ein Glas, woher ein Glas nehmen?

Auf Besuch war er nicht vorbereitet, nicht einmal Licht gab es in allen Räumen. Und überhaupt, wie sah er aus, in der verrutschten Pyjamahose!

Es half nichts, er mußte sich erst etwas überziehen, bevor er ihr im Zahnputzbecher das Wasser brachte.

“Wenn Sie damit vorlieb nehmen.”

“Ich weiß”, nickte sie schwach. “Sie sind im Umzug. Der Oberstaatsanwalt hat es erzählt.” Sie hatte auf dem Kanapee Platz genommen und die Beine hochgelegt, aber damenhaft und nicht so wie die Maklerin.

"Sie kennen Marten?"

"Ich traf ihn auf der Beerdigung. Er gab mir Ihre Adresse."

Sie zitterte noch immer. Erst nachdem er ihr seinen Mantel übergelegt hatte, begann sie, sich etwas zu beruhigen.

"Also, was ist passiert? Erzählen Sie."

"Haben Sie eine Zigarette?"

"Bedaure, ich rauche keine Zigaretten. Nur Pfeife." Er begann im Zimmer auf und ab zu gehen. "Wovor fürchten Sie sich?"

"Man will mich umbringen."

"Umbringen? Wer will Sie umbringen?"

"Dieselben Leute, die auch Piezonka umgebracht haben."

"Umgebracht? Marten sagte mir, Piezonka habe sich das Leben genommen."

"Das sagen alle. Ich glaub' es nicht. Warum hätte er sich umbringen sollen? Gerade jetzt, wo er einen Ausweg sah."

Einen Ausweg? Seehusen verstand das nicht.

"Ich meine den Prozeß." Elsies Stimme wurde lebhafter. "Der Prozeß war in der Krise. Es bewegte sich nichts mehr, nur zum Schein wurde verhandelt. Piezonka brauchte eine Weile, bis er dahinterkam. Dann aber war ihm klar, daß er etwas tun mußte."

"Und was gedachte er zu tun?"

"Genaues weiß ich eben nicht. Ich weiß nur, daß er etwas vorhatte. Er hatte sich verabredet, mit Babette, der Reporterin im Funkhaus. Am Montagnachmittag, kurz vor der 17-Uhr-Sendung. Sie müssen wissen: Babette ist engagiert und hat öfter schon von NS-Prozessen berichtet, auch von dem letzten mit Piezonka. Ich selber wußte von dem Treffen nichts, bis heut vormittag auf dem Friedhof, da hat sie mich angesprochen."

"Sie glaubt nicht an Selbstmord?" 

"Er hatte sie am Freitag angerufen, einen Tag vor seinem Tod. Der Prozeß sei in Gefahr, und er müsse jetzt etwas tun. Deshalb wollte er zu ihr in die Sendung kommen." Ihr Gesicht hatte wieder etwas Farbe bekommen. "Er wollte den Prozeß retten, verstehen Sie ...?"

"Nein", sagte der Gerichtsdirektor, schroffer, als es nötig war. Langsam wurde ihm der Besuch lästig. Das Mädchen unter seinem Mantel war zwar schön anzusehen, doch er war müde, es war ein langer Tag gewesen, und er wollte endlich schlafen.

"Elsie", sagte er, diesmal viel sanfter. "Sie brauchen Ruhe. Der Prozeß und Piezonkas Tod - das hat mit Ihnen nichts zu tun."

"Ruhe?! Sie verstehen mich nicht ... Man will mich zum Schweigen bringen. Und alles, was Sie mir verordnen, ist Ruhe ...!"

Jetzt fing sie schon wieder an. Wahrscheinlich konnte sie nicht anders, waren ihre Nerven völlig überreizt.

Obwohl ... wenn man sich Mühe gab, war vielleicht doch etwas herauszubekommen. Soviel war klar: Elsie war nach der Trauerfeier noch einmal in die Wohnung ihres Freundes gegangen.

"Sie beide lebten nicht zusammen?"

"Er wollte das nicht. Und mir war es ganz recht. So behielt jeder seine Freiheit."

"Was genau wollten Sie in der Wohnung?"

"Meine restlichen Sachen holen. Und dann noch einmal alles gründlich absuchen."

“Heißt das, Sie vermißten etwas?”

“So einer wie Piezonka, der sich von allem Notizen machte, geht nicht aus dem Leben, ohne etwas zu hinterlassen. Einen Abschiedsbrief, oder wenigstens ein paar Zeilen.”

“Das heißt, Sie haben nichts gefunden?”

“Nichts.”

“Wie lange kannten Sie ihn schon?”

“Seit etwa zwei Jahren. Wir lernten uns auf einem Flug kennen. Er wollte nach New York, als Tourist, und ich - Sie müssen wissen, ich bin Stewardeß - flog die Strecke damals öfter. Per Zufall trafen wir uns wieder im selben Hotel. Er lud mich zu einem Drink ein, ich hatte nichts Besonderes vor, und so verbrachten wir den Abend zusammen. Ich weiß nicht, waren Sie mal in New York? Man kann dort ziemlich einsam sein.”

Vom Deutschherrnufer hörte man das Martinshorn eines Rettungswagens. Im Nebel, der stark zugenommen hatte, färbten sich die Blaulichter lila.

“Wann haben Sie ihn das letzte Mal gesehen?”

“Wir hatten uns gestritten. Auch wegen des Prozesses. Das letzte Mal sah ich ihn vor vier Wochen.”

War damit nicht alles klar? Sie hatten sich getrennt, Elsie hatte Schuldgefühle, und um sich davon zu befreien, wollte sie nicht wahrhaben, daß Piezonka sich das Leben genommen hatte.

“Ich weiß, was Sie denken”, sagte Elsie. “Aber daran ist er nicht gestorben. Nein, nein. Piezonka war ein Kämpfer. Der Prozeß, das war sein Kampf. Er kämpfte, und er führte dabei Buch, über alles, was passierte. Nicht nur im Prozeß, auch im Beratungszimmer, auf den Dienstreisen, Alles, was nicht in den Akten steht, steht bei ihm im Tagebuch.”

"Wo ist es jetzt, das Tagebuch?"

"Weg! Das ist es ja!" rief Elsie. Sie schob den Mantel von sich fort und machte Anstalten, sich zu erheben. "Das Tagebuch ist weg. Verschwunden. Ich hab' die halbe Wohnung abgesucht. Nichts."

"Deshalb Ihre Aufregung ..."

"Erst die Rede des Pfarrers, und dann die vielen falschen Worte am Grab. Ich war erschöpft. Ich fuhr in Piezonkas Wohnung, legte mich aufs Bett und schlief sofort ein. Dann, die Uhrzeit weiß ich nicht, weckte mich etwas auf: ein Geräusch an der Wohnungstür, jemand machte sich am Schloß zu schaffen. Ich wollte die Polizei anrufen, doch das Telefon war tot, abgestellt. Dann hab' ich Licht gemacht und Lärm: die Stereoanlage auf volle Pulle, dazu den Fernseher und Festbeleuchtung in der ganzen Wohnung. Das wirkte auch, denn kurz darauf waren die Nachbarn da, alles nette, hilfsbereite Leute. Vom Einbrecher keine Spur mehr. Das heißt, draußen vor dem Haus fiel mir ein dunkler Wagen auf, der in hohem Tempo davonfuhr. Das Kennzeichen hab' ich aufgeschrieben, warten Sie, wo ist der Zettel ...?"

"Immerhin etwas", brummte der Gerichtsdirektor. Er hätte sich jetzt gern ein Pfeifchen angezündet, wußte aber nicht, in welchen der Kartons er sie gelegt hatte.

"Hier, ich hab's. Hören Sie: F-AV oder AU 200."

"Haben Sie auch nach dem Schloß gesehen. Irgendwelche Aufbruchspuren, Kratzer?"

"Mir ist nichts aufgefallen. Ich hatte nur noch Angst, wollte nichts wie weg, verstehen Sie? Ich setzte mich in mein Auto und ... na ja, den Rest kennen Sie."

"Und wie kamen Sie auf mich?"

"Piezonka sprach öfters von Ihnen. Er hatte von Ihnen

in der Zeitung gelesen. Er meinte, wenn sich einer auskennt mit Justizaffären, dann Sie. Im letzten Jahr hat er in der Presse aufmerksam verfolgt, wie Sie den Mordfall in der Stadtverwaltung gelöst haben. Er hoffte, daß Sie ihm helfen, daß Sie auch diese Affäre hier aufklären würden."

Wieder kramte sie in ihrer Handtasche, als ob sie etwas suchte und es nicht finden konnte. "Ich will Sie nicht länger aufhalten. Ich fahre jetzt nach Hause. Es geht mir schon viel besser."

Es ging ihr nicht viel besser. Kaum war sie vom Kanapee aufgestanden, den Autoschlüssel in der Hand, wurden ihr die Knie weich, und sie mußte sich wieder hinsetzen.

"So kann ich Sie nicht gehen lassen", sagte der Gerichtsdirektor. "Sie bleiben hier bei mir und schlafen sich erst einmal ordentlich aus. Und morgen sehen wir dann weiter."

"Danke."

Elsie kuschelte sich dankbar in den Mantel, während Seehusen das Licht löschte. Dann, schon halb im Schlummer, murmelte sie:

"Schade, daß Sie mit Piezonka nicht reden konnten. Er hätte Ihnen bestimmt gefallen."

3

Der arme Junge

Als der Gerichtsdirektor am nächsten Morgen aufwachte, schien die Sonne ins Zimmer und es duftete nach Kaffee.

"Wenn Sie fertig sind im Bad", rief Elsie aus der Küche, "können wir frühstücken!"

Anscheinend ging es ihr wesentlich besser. Sie war einkaufen gewesen, hatte Brötchen und Butter besorgt und im Supermarkt am Lokalbahnhof Plastikgeschirr und einen Topf gekauft, in dem jetzt das Wasser kochte.

Allerdings gab es nur löslichen Kaffee. Und einen Frühstückstisch hatten sie auch nicht. Dafür benutzten sie die Fensterbank, als Stehimbiß, mit Blick zum Hof. Elsie fragte: "Einen Löffel oder zwei?"

"Einen. Und mit Zucker. Aber ohne Sahne, bitte."

Statt Schlips und Kragen trug der Gerichtsdirektor einen dunkelroten Rollkragenpullover, der ihn deutlich jünger aussehen ließ.

"Übrigens, Sie haben jetzt Telefon. Der Mann von der Post war da. Sie schliefen noch, ich wollte Sie nicht wecken. Und dann kam der erste Anruf. Ihre Frau, ja, Frau Seehusen. Wir haben uns ein wenig unterhalten. Ich finde Ihre Frau sehr nett. Ich soll Sie grüßen."

"Und sonst? Sonst hat sie nichts gesagt?"

“Nur, daß Sie sich nicht übernehmen sollen. Sie meinte wohl den Umzug.”

Der Gerichtsdirektor sah von seinem Teller auf, amüsiert, aber auch ein wenig beunruhigt. Nach dem Frühstück würde er Madame Seehusen anrufen; sie kam sonst noch auf falsche Gedanken. Und bei der Gelegenheit wollte er ihr vorschlagen, anstelle des langweiligen Alpenweiß, wie sie es bisher an allen Wänden hatten, wenigstens eine Wand in jedem Zimmer farbig anzustreichen. Und danach mußte er sich auf die Suche nach einem Handwerker machen, der in der Lage war, sofort anzufangen.

Und das Mädchen hier?

Konnte er Elsie einfach nach Hause schicken? Obwohl ihr Gesicht wieder Farbe angenommen hatte, bemerkte er, daß ihre Hände zitterten. Irgendwie mochte er die Frau gerne.

“Ich mach' Ihnen einen Vorschlag”, sagte er kurz entschlossen. “Wir fahren jetzt in Piezonkas Wohnung.”

“Danke”, sagte sie. “Dann werden Sie auch verstehen, warum ich meine Zweifel habe.”

Der Gerichtsdirektor nahm seine Aktentasche, die er auch nach der Pensionierung immer bei sich hatte, und folgte Elsie zum Auto.

Ein kalter Wind fegte über das Deutschherrnufer, und da Elsie nur die dünnen Trauerkleider anhatte und keinen Mantel, legte er ihr seinen über die Schulter. Dann schloß sie ihr kleines Auto auf, ließ ihn einsteigen, und mit einem Blick auf seine Aktentasche sagte sie: “Seltsam, Piezonka hatte auch so eine. Vielleicht nicht ganz so alt. Und dann der Henkel! Sooft er die Tasche zur Reparatur brachte, an einer Seite war der Henkel immer abgerissen.

Überhaupt, Sie und er haben einige Gemeinsamkeiten, es ist frappierend. Jetzt sagen Sie nur, daß Sie nicht autofahren können."

"Stimmt", sagte er. "Erst hat es mich nicht interessiert, und später, als ich es lernen wollte, war's zu spät."

"Genau wie bei Piezonka. Zweimal fiel er durch die Prüfung, dann war's ihm zu dumm. Also mußte ich andauernd fahren. Dabei fahre ich nicht gern. Und wenn, dann regelmäßig viel zu schnell."

Das war nicht zuviel versprochen. Der Wagen jagte durch die Stadt, wie eine Maus, auf die an jeder Kreuzung ein Kater lauert. Elsie erkannte jede Lücke und nutzte sie. Seehusen, der sich am liebsten doppelt angeschnallt hätte, hielt sich an seiner Aktentasche fest, und hin und wieder schloß er auch die Augen. Erst an der Berger Straße, am oberen Ende, wo es Kopfsteinpflaster und viele kleine Läden gab, drosselte Elsie das Tempo, bis der Wagen schließlich in den Hof einer Spedition einbog und zum Stehen kam.

"Ich hoffe nur, daß Valentino da ist", sagte sie. "Er muß uns die Wohnung aufschließen."

"Sie selber haben keine Schlüssel?"

"Ich sagte ja, wir hatten uns zerstritten. Daraufhin gab ich ihm seine Schlüssel wieder. Gestern abend, als ich in die Wohnung wollte - ich hab' noch ein paar Sachen dort -, war Valentino so nett und hat mir aufgeschlossen."

Valentino war der Hausmeister, ein Italiener, der in Frankfurt aufgewachsen war und fehlerfrei Deutsch sprach. Vor acht Tagen hatte er Piezonka tot in seiner Wohnung aufgefunden. Das war an einem Montag, nachdem man den Richter im Dienst vermißt hatte und nachmittags ein Wachtmeister beauftragt worden war, bei ihm zu Hause nachzusehen.

"Als Sie in die Wohnung kamen", fragte Seehusen den Hausmeister, "sah es da auch so aus wie jetzt?"

In den eineinhalb Zimmern herrschte große Unordnung. Um den Schreibtisch herum türmten sich die Akten hoch, verstreut am Boden bis tief unter das Bett jede Menge Papiere, Zeitungsausschnitte, Gerichtsbeschlüsse, Protokollauszüge. Überall volle Aschenbecher, halb geleerte Gläser, dazwischen eine Hartwurst, Knäckebrot und Bücher, Bücher, Bücher, aufgeschlagen, mit Papierschnipseln als Lesezeichen und bunt markierten Textstellen.

Das war keine Wohnung mehr, das war ein Archiv, in das eine Bombe eingeschlagen hatte.

"Glauben Sie mir", sagte Valentino. "Ich hab' nichts angerührt."

"Sieht aus, als wär' die Wohnung durchsucht worden", meinte der Gerichtsdirektor.

"Dasselbe dacht' ich auch. Bis das Fräulein mir erzählte, daß es immer so aussah."

"Stimmt", sagte Elsie. "Piezonka war ziemlich chaotisch. Besonders dann, wenn er im Streß war."

"Mußten Sie die Tür aufbrechen?"

"Nein, sie war nicht mal abgeschlossen. Nur weiß ich nicht, wo der Schlüssel hin ist. Wahrscheinlich liegt er irgendwo darunter." Valentino machte eine Handbewegung, die andeutete, daß jedes Suchen zwecklos war. "Kommen Sie, ich zeige Ihnen, wo ich Herrn Piezonka gefunden habe."

Eine dunkle, enge Naßzelle, aus der es muffig roch. Kein Fenster, nur das milchig blaue Licht vom Spiegelschrank, der gerammelt voll mit Medikamenten war. Vor der Badewanne ein Plastikvorhang, grau geworden und schlecht befestigt, so daß er aus der Schiene sprang, als der Hausmeister ihn zurückschlug.

“Sehen Sie den Handtuchhalter? Dort über der Wanne? Darunter lag er. In Hemd und Hose, Kopf auf der Brust, die Beine angezogen wie ...”, er überlegte einen Augenblick, “wie ein Kind, das sich vor Angst verkrochen hat.”

“Kein Wasser in der Wanne?”

“Nur etwas Blut. Die Kriminalbeamten sagten, es habe nichts zu bedeuten. Etwas Blut gibt es immer, auch beim Erhängen. Und hier der Knick im Halter, schauen Sie ...”

Man sah es deutlich: Die Stange hatte links einen Knick, und darüber waren die Schrauben gelockert. Dann war das der Punkt, der dem größten Zug ausgesetzt gewesen war.

“Kein Seil, kein Gürtel, keine Krawatte, nichts?”

“Also, ich hab’ nichts gesehen. Und der Wachtmeister, der mit im Bad war, auch nicht.”

“Versteh’ ich nicht.”

Seehusen überlegte. Möglich, daß die beiden, Valentino und der Wachtmeister, vor Schreck und Aufregung nur flüchtig hingesehen hatten.

Möglich auch, daß sich die Befestigung gelöst hatte und ihnen nichts aufgefallen war, weil Piezonka den Gürtel, oder was es sonst gewesen sein mochte, bei dem Sturz unter seinem Körper begraben hatte.

“Hab’ ich Ihnen erzählt, daß im Bad kein Licht brannte?” fragte der Hausmeister.

“Kein Licht!? Das wissen Sie genau?”

Es wurde immer mysteriöser.

Wie sollte sich jemand erhängen, der in einem fensterlosen Raum seine Hand nicht vor Augen sah?

Es sei denn, die Tür zum Flur war angelehnt gewesen, so daß etwas Licht ins Bad gefallen wäre.

"Was genau mit der Tür war, weiß ich nicht mehr", sagte Valentino. "Auf jeden Fall brannte im Bad kein Licht. Da bin ich ganz sicher. Der Wandschalter funktionierte nicht, und bis ich herausgefunden hatte, wo am Spiegelschrank das Licht anging, dauerte es eine Weile."

"Noch so eine Merkwürdigkeit", sagte Elsie. "Verstehen Sie jetzt, was ich meine?"

Statt zu antworten wandte sich Seehusen erneut an den Hausmeister: "Nachdem Sie die Polizei angerufen hatten, was passierte dann?"

"Erst traf die Funkstreife ein, dann ein Kastenwagen mit der Aufschrift Polizei. Die Männer vom K 1, Mordkommission. Vom Gericht kamen später noch zwei Herren vorbei. Die waren besonders gründlich. Jeden Schrank, jede Schublade haben sie durchsucht. Nachher, als sie zu ihrem Auto gingen, hatten sie den Arm voll Akten."

"Ist die Wohnung nicht versiegelt worden?"

"Bis vor ein paar Tagen durfte ich niemand hineinlassen. Selbst das Fräulein nicht. Obwohl wir uns schon lange kennen." Valentino warf Elsie einen vielsagenden Blick zu. "Aber ich muß zurück in meine Wohnung. Wenn Sie sich weiter umsehen wollen, bitte ..."

"Danke", sagte Elsie. "Ich bring' Ihnen dann den Schlüssel."

Sie begleitete Valentino an die Tür, und nachdem er ihr einen weiteren schmachtenden Blick zugeworfen hatte, den sie aber nicht erwiderte, sagte sie zu Seehusen: "Verstehen Sie nun, warum ich nicht glaube, daß Piezonka sich umgebracht haben soll?"

"Ich weiß nicht, was Sie wollen", sagte er. "Wenn es einen Abschiedsbrief gab, ist er jetzt bei der Justiz. Genauso wie das Tagebuch. Ich werde mich bei Marten danach erkundigen."

Er griff wahllos nach einem Stapel Akten, während Elsie den Kleiderschrank öffnete und ein Paar Jeans herausnahm.

"Ich wollte, ich hätte Ihr Vertrauen. Sie vergessen, daß er im Prozeß die größten Schwierigkeiten hatte. Das Tagebuch ist voll davon."

Etwas beschäftigte Seehusen, so daß er nicht hingehört hatte. Schließlich zog er aus den Akten etwas Hochglänzendes hervor. Es war ein Magazin, eines von der edlen Sorte. Der Titel - "Madame Arthur" - war so hintergründig wie das Titelbild: ein auffallend schöner junger Mann, am Tisch sitzend mit einer ebenso schönen Lady, der er schöne Augen machte, während es unterm Tisch gerad' umgekehrt zuging und die Lady, die in Wahrheit der Mann war und einen Ständer hatte, dem falschen Herrn - also der Frau - an die Wäsche faßte.

Schweinkram!

"Kennen Sie das?" fragte der Gerichtsdirektor, sichtlich irritiert.

Elsie schlüpfte in die Jeans, und während sie die Knöpfe vorne schloß, kam sie näher.

"Ach, das meinen Sie. Ich weiß nicht, was er damit wollte. Wissen Sie, er hatte manchmal Schwierigkeiten, wie - ich denke, mit Ihnen kann ich reden, Sie könnten ja mein Opa sein! -, wie Männer sie in seinem Alter haben. Ob die Hefte ihm geholfen haben? Leider nein. Auch ein Grund, warum wir nicht zurechtkamen. Das und der Prozeß."

Sie zog die Bluse aus und kehrte an den Kleiderschrank zurück, um nach einem Pullover zu suchen. Plötzlich hielt sie inne, gab Seehusen ein Zeichen und flüsterte: "Hören Sie, da ist wer an der Tür!"

Man hörte es deutlich: jemand machte sich am Schloß zu schaffen.

"Schnell", sagte er, "verstecken Sie sich! Ins Bad!"

"Nicht im Bad, bitte."

"Dann in die Küche!"

"Es gibt keine."

"Dann nehmen Sie das Bett. Aber schnell."

Drei, vier Schritte, und sie war unter der Bettdecke verschwunden. Seehusen selbst verbarg sich hinter dem Sekretär, einem zwei Meter hohen, mit Perlmutt beschlagenen Möbelstück, von dem aus er die Tür überblicken konnte. Noch einmal wurde der Schlüssel im Schloß gedreht, die Tür ging auf, und das erste, was man zu sehen bekam, waren ein Besen, ein Schrubber und ein Eimer.

Ach so, die Reinemachefrau!

Das also war die große, geheime Verschwörung, vor der Elsie sich gefürchtet hatte!

Gerade wollte Seehusen sich bemerkbar machen, da war die Frau schon am Bett, riß die Decke fort und hielt drohend den Besenstiel auf Elsie gerichtet.

"Frau Holle, Sie?!"

Es war wie im Märchen, aber sie hieß wirklich Frau Holle!

Elsie lachte und hielt sich das Kissen schützend vor die Brust.

"Und wir haben gedacht ... Darf ich vorstellen? Frau Holle, Piezonkas gute Fee; Herr Seehusen."

"... Amtsgerichtsdirektor im Ruhestand", ergänzte er -

etwas unnötig - und steckte das Hochglanzmagazin schnell in seine Aktentasche.

"Angenehm", sagte Frau Holle. Und dann, mit einem Blick auf Elsie, der alles andere war als freundlich: "Wie es hier wieder aussieht ...!"

"Schimpfen Sie nicht, Frau Holle, sagen Sie mir, wo mein Pullover hingekommen ist." Elsie ließ das Kopfkissen fallen und sprang halbnackt aus dem Bett. "Ach, du meine Güte, elf Uhr durch! Ich müßte längst im Sprachkurs sein! Sehen wir uns später, Herr Gerichtsdirektor? Ich rufe Sie heut abend an."

Sie warf sich den Pullover über und rauschte, wieder ohne Mantel, zur Tür hinaus in den Hof, wo kurz darauf der Motor des kleinen Autos aufheulte.

"Ja, das Fräuleinchen", seufzte Frau Holle und schüttelte das Bett aus. "Piezonka war kein Mann für sie, viel zu alt. Und krank war er auch. Der arme Junge! Er hat sich den Kopf verdrehen lassen. Und als er sie dann brauchte, war sie nicht da, fort mit einem anderen. Ich hab' ihn oft gewarnt. Wissen Sie, ich kannte ihn schon, als er noch ein Junge war. Da hab' ich reinegemacht bei seiner Mutter. Dann ist sie gestorben, und als Piezonka kurz darauf die Frau weglief, kam er zu mir und fragte mich, ob ich ihm nicht mit der Wohnung helfen könnte."

"Ich hätte gern ein Bild von ihm", sagte Seehusen. "Ein Foto ..."

"Jede Menge Fotos." Frau Holle zog die Schublade des Sekretärs auf. "Sehen Sie hier, das ist vor einem Jahr entstanden. Piezonka und das Fräulein auf Mallorca. Da sieht man noch nicht, wie krank er ist. Krankheit, Selbstmord, früher Tod, ich kann Ihnen etwas erzählen. Es klebt Pech an der Familie ..."

“Wenn Sie erlauben”, sagte Seehusen, “behalte ich das Foto.”

Fürs erste hatte er genug erfahren, und in Gedanken war er bei dem Tabakladen, den er auf der Hinfahrt vom Auto aus gesehen hatte. Dort würde er sich gern eine neue Pfeife kaufen, vorausgesetzt, er fand den Laden wieder und sie hatten etwas Sandgeblasenes da. Auch wenn die Pfeifen mit dem glattpolierten Holz schöner aussahen, besser anzufühlen war die rauhe Oberfläche der sandgeblasenen, und außerdem wurden sie nicht so schnell heiß.

Eines nur wollte er noch wissen, bevor er sich verabschiedete: “Sie sagten, er sei krank gewesen?”

“Ja, hat das Fräulein nicht erzählt? Piezonka hatte ... wie heißt sie, die neue Krankheit?”

“Aids?”

“Ja, er hatte Aids, und er wußte, daß er nicht mehr lang zu leben hatte. Der arme Junge.”

4

Grüne Sauce

“Komm mit in die Kantine!” rief Marten. “Es gibt heut Grüne Sauce.”

“Nur Sauce, und sonst nichts?”

Seehusen, der zu Fuß die Berger Straße hinunter gegangen war bis ans Gericht, spürte jetzt, daß er hungrig war.

Es war kurz vor halb eins, und wenn der Oberstaatsanwalt nicht gerade eine Verhandlung hatte, ging er um diese Zeit in die Gerichtskantine.

“Grüne Sauce! Mit Ochsenbrust und Pellkartoffeln. Du wirst sehen. Wie weit bist du mit der Wohnung? Hast du am Eingang unsere Handwerker gesehen? Wenn du willst, red’ ich mit dem Meister. Die kommen morgen früh zu dir, und abends hast du alles fertig.”

“Morgen abend?”

“Vergiß nicht, morgen ist Bußtag. Die Leut’ sind froh, wenn sie was zu tun haben. Alles Polen, lauter Schwarzmaler, du verstehen ... “

Marten zwinkerte mit den Augen und schob die Tür zur Kantine auf.

Dicke Luft schlug ihnen entgegen. Klappern von Geschirr und vereinzelt Stimmen, gedämpft und wie von weit her.

Sie fanden einen Platz am Fenster, mit Blick auf einen kahlen, betonierten Innenhof, in dem nur die verschiedenen Fahrräder in den Ständern etwas Abwechslung boten.

Als wäre sein Hund ein Fahrrad, war ein Hundehalter damit beschäftigt, sein Tier anzubinden, ein Riesenvieh von Dogge, das den Vorübergehenden die Zähne zeigte.

"Wenn ich den schon sehe", brummte Marten.

"Wen meinst du?"

"Den langen Laban dort, mit dem dünnen Haar bis an die Schulter. Sei froh, daß der nicht dein Vermieter ist. Jede Woche läßt er sich etwas Neues einfallen. Der Mann lebt von Prozessen. Von Prozessen gegen seine Mieter. Kein Trick, den er nicht kennt und nicht ausnutzen würde ..."

"Und ihr? Könnt ihr nichts dagegen machen?"

"Von wegen!"

Der Staatsanwalt pustete und ließ die Pellkartoffel aus der Hand fallen, die heißer war, als er gedacht hatte.

"Ein Verfahren nach dem anderen, die meisten wegen Nötigung. Und immer ist der Hund mit im Spiel. Du meinst, wie viele Fälle? Warte mal ... laß mich rechnen."

Marten setzte ein Gesicht auf, als stünde er vor einer schweren Aufgabe. Dann lachte er und sagte: "Bestimmt siebenmal so viele, wie die Grüne Sauce Kräuter hat."

Das sollte wohl ein Witz sein! Oder glaubte der Freund im Ernst, Seehusen würde sich hinsetzen und versuchen, die verschiedenen Kräuter auseinanderzuhalten?

Klar, Petersilie war darunter, Schnittlauch und auch Kresse. Aber der Rest ...

"Alles nur im Sand verlaufen. Leider. Bis auf einen Fall, da ist er verurteilt worden. Und rate mal, von wem ... " Marten zerdrückte die Kartoffel mit der Gabel, daß es quatschte. “Von Piezonka, ja! Damals beim Amtsgericht war er ein klasse Richter. Ließ sich durch nichts aus der Ruhe bringen. Verzichtete auf keinen Zeugen, bestellte zwei Sachverständige, und nach drei Tagen verkündete er das Urteil, knallhart, schlüssig und nicht anfechtbar ... Ich frag' mich, was den Mann so verändern konnte.”

“Wußtest du, daß er krank war? Ernstlich krank!”

“Das erste, was ich höre. Todkrank, sagst du? Das könnte einiges erklären.”

Aus dem Hof hörte man Radau. Ein Radfahrer wollte sein Fahrrad aus dem Ständer ziehen, doch der Hund erlaubte es nicht. In den umliegenden Dienstzimmern flogen die Fenster auf. Viele lachende Gesichter, aber auch verärgerte, wütende Stimmen und schließlich ein scharfer Ruf nach dem Wachtmeister, worauf der Hund sich noch wilder aufführte.

“Hast du etwas herausbekommen?” fragte Seehusen.

Unmittelbar nach dem Besuch in Piezonkas Wohnung hatte er bei Marten angerufen, um sich nach dem genauen Obduktionsergebnis zu erkundigen. Und auch nach den Unterlagen, die die Justizbeamten mitgenommen hatten, hatte er gefragt.

“Nichts Neues. Es bleibt dabei: Freitod durch Erhängen. Der Gerichtsmediziner hat es mir genau erklärt. Es besteht nicht der geringste Zweifel, Rudolf. Fremdverschulden ausgeschlossen.”

“Und wenn es nun stockdunkel war im Bad?”

“Der eine macht's im Hellen, der andere im Dunkeln.” Marten unterbrach sich, als hätte er etwas Dummes gesagt. “Versteh mich nicht falsch, Rudolf, du weißt, wie ich es meine. Es stirbt im Freitod jeder so, wie er sich zuletzt fühlte.”

Und was war mit dem Gürtel?

"Abgerissen, er ist von der Last des Körpers abgerissen. Piezonka ist gestürzt und hat ihn in der Wanne unter sich begraben."

Und wo war der Gürtel jetzt?

"Bei den Asservaten. Das heißt ...", Marten legte das Besteck auf seinem Teller ab, zum Zeichen, daß er fertig war, "... er sollte."

Was hieß denn das?

Hieß das, der Gürtel war verschwunden?

"Kein Grund zur Aufregung. Du weißt doch, wie das läuft: Eine falsche Zahl, ein falscher Buchstabe, und alles landet unterm falschen Aktenzeichen. Keine Sorge, den Gürtel werden wir schon finden."

Dann war doch etwas schiefgelaufen bei der Leichensache!

"Na ja", und der Oberstaatsanwalt begann herumzudrucksen, "eigentlich gehörte sie zu mir in die Abteilung ..."

Der Rest ging im Motorendonner unter.

Ein Hubschrauber, der landen wollte, die Polizei?

Nur ein Motorradfahrer, ein zarter, beinahe knabenhafter Mann in Leder, der einmal noch den Hof umrundete, ehe er vor den Fahrradständern anhielt und abstieg.

Vor dem Hund, der weiter bellte, schien er sich nicht zu fürchten. Er kraulte ihm das Fell am Hals, bis sich das Tier beruhigt hatte, dann kettete er die schwere Maschine fest und ging geradewegs auf die Kantine zu.

"Na, was sagst du jetzt?" In Martens Stimme war so etwas wie Stolz. "Echt Windbusch. Der kleinste Staatsanwalt, den wir je hatten. Aber auch der energischste. Wo er hinkommt, herrscht Ordnung. Er weiß bestimmt, was mit dem Gürtel ist. Entschuldige, bin gleich zurück. Überleg dir noch mal die Sache mit den Malern ..."

Richtig, fast hätte der Gerichtsdirektor es vergessen. Überhaupt, er mußte sich mehr um die Wohnung kümmern. Madame Seehusen - inzwischen hatte er bei ihr angerufen - war deutlich anzumerken, daß sie sich Sorgen machte. Nicht, daß sie ihm etwas vorgeworfen hätte, das nicht. Und doch hatte ihre Stimme sich nicht so angehört wie sonst, nicht so ausgeglichen, so zuversichtlich.

Oder war es wegen des morgendlichen Damenbesuchs gewesen? Dabei hatte er ihr alles erklärt und war ihr keine Antwort schuldig geblieben.

Seltsam, da war man nun schon so lange verheiratet und vertraute sich trotzdem nicht.

Auf jeden Fall mußte etwas geschehen, und wenn die Maler morgen früh gleich anrückten, warum nicht?

Hauptsache, es war auf seiner Liste wieder etwas abzuhaken. Nach dem Gespräch mit seiner Frau war die Liste noch ein Stück länger geworden: Vorhangschiene, Mülleimer, Zweitschlüssel für den Briefkasten ...

Und dann das, was nicht auf der Liste stand, aber genauso dringend war: Licht in der Küche, Licht im Bad. Viel hatte nicht gefehlt, und Seehusen wäre letzte Nacht hingefallen ...

Er suchte die Kantine nach Marten ab und entdeckte ihn, zusammen mit Windbusch, vor dem Getränke-Automaten.

Etwas am Münzeinwurf schien nicht zu klappen, eine Störung. Beide Staatsanwälte gingen in die Hocke, um nachzusehen, worauf sich am Nachbartisch ein Gelächter erhob, weil es komisch aussah und an ein Kinderspiel erinnerte.

Erst als Marten an der Klappe zum Warenschacht rüttelte, kam Bewegung in den Kasten. Es polterte, und heraus fielen drei Dosen, die Windbusch geschickt auffing, indem er einfach seinen Sturzhelm umdrehte und ihn als

Schüssel darunter hielt. Ohne die Kopfbedeckung sah er noch viel knabenhafter aus, ein dunkler Typ, der Teint tirolernuß und dazu ein blaurasiertes Kinn, das er etwas vorgestreckt hielt, als wolle er damit erreichen, daß es nicht so weich wirkte. Seine Bewegungen hatten etwas Hektisches, besonders dieser Griff nach der Stirn, mit dem er sich ständig das dunkle Haar zurückstrich.

Marten klopfte Windbusch zum Abschied auf die Schulter, besorgte dann zum Dessert zwei Puddings und kehrte damit an Seehusens Tisch zurück.

"Windbusch mußte zur Vernehmung", sagte er. "Du kennst es ja, Strafrecht und Politik. Nach den alten Nazis sind jetzt die neuen dran. Und Windbusch ist genau der Richtige dafür. Die jungen Leute, Rudolf, ich beneide sie. Was ist für die ein Hakenkreuz? Ein Kreuz mit vier Haken, das verboten ist, und damit basta. Kein Problem mit der Vergangenheit, kein Schuldgefühl. Und links, wo das Herz sitzt ... nur Rechtsbewußtsein. Du meinst, ich wollte etwas verharmlosen? Nein, mein Lieber, ich meine nur: Solang wir Leute haben wie Windbusch, brauchen wir uns nicht zu sorgen."

"Von dem Gürtel weiß er nichts?"

"Er wird sich darum kümmern, glaub mir."

"Was ist mit den anderen Sachen?"

"Einen Abschiedsbrief gibt es nicht. Das weiß ich genau. Und was das Tagebuch betrifft, danach hab' ich jetzt nicht gefragt. Allerdings, wenn Windbusch etwas gefunden hätte, würde ich es wissen. Auf ihn kann man sich verlassen. Du wirst ihn ja auch kennenlernen in ein paar Tagen bei Dorfschröders, die uns eingeladen haben. Sie sind alle ausgesprochen neugierig auf dich, haben schon viel von dir gehört."

“Tja”, fuhr Marten nach einer Pause fort. “So ist das mit den Großverfahren. Das erste Jahr geht alles gut, doch dann beginnt das Glücksspiel. So ein Prozeß ist wie ein Schiff in schwerer See: Mit jedem Sturm verrutscht die Ladung ein bißchen, und dann genügt ein Windstoß, und der ganze Kahn fängt an zu kentern.”

“Was willst du damit sagen? Meinst du, der Prozeß wär’ auch so gescheitert? Auch wenn Piezonka noch am Leben wär’?”

“Hör mal, ich bin kein Hellseher. Ich weiß nur, daß die drei Richter sich nicht verstanden haben. Piezonka war der Steuermann und nicht der Kapitän. Der Kapitän fuhr einen anderen Kurs ... Aber Rudolf”, und Marten schob den Rest vom Pudding von sich, “darüber können wir später reden. Du und dein Hang zum Ungeklärten ... Was ist mit den Malern? Wenn du dir weiter so viel Zeit läßt, hast du bis Weihnachten keine Wand weiß.”

5

Schneetreiben

Der Kapitän war eine Frau, und ein paar Tage später sollte Seehusen sie auch persönlich kennenlernen.

Das erste, was er von ihr zu sehen bekam, war nur ein Foto, schwarz-weiß und etwas unterbelichtet. Doch klar genug, um zu erkennen, daß Grete Dorfschröder alles andere war als eine im Staub der Akten ergraute Jungfer.

Etwas Strahlendes ging von ihr aus, Erfolg Gewohntes, und so wie sie die Robe trug, lässig und elegant zugleich, fand Seehusen sie auf den ersten Blick sympathisch.

Es war eine alte Zeitung, bekleckst mit Farbe, in der er ihr Foto entdeckt hatte. Die Anstreicher hatten sie als Unterlage benutzt, und da sie erst nach Mitternacht fertig geworden waren mit der Arbeit, waren sie nicht mehr zum Aufräumen gekommen und hatten die Zeitungen einfach liegenlassen.

Seehusen kniete am Boden und las:

ERREGTE SZENEN IM GERICHT:
RICHTER ZANKEN SICH

FRANKFURT A.M., 9. August. "So kann man nicht verhandeln!" rief Vorsitzende Richterin Grete Dorfschröder und verließ erregt den Gerichtssaal. Wieder einmal hatten sich die Richter in dem letzten großen Nazi-Prozeß so zerstritten, daß für Stunden die Beweisaufnahme unterbrochen war.

65. Verhandlungstag, Streit um das Protokoll. Wie genau lautet der Satz, den die Zeugin ausgesagt hat? Piezonka und Frau Dorfschröder beginnen sich zu streiten - wieder einmal. Von Tricks ist die Rede, von Täuschungsversuch, von falschem Spiel. Besorgt fragen Beobachter ...

... wie das weitergehen sollte. Daß man sich mal zankte, kam in den besten Kammern vor. Den ganzen Tag um sich nur Leute, die sich stritten, Lügen und Leidenschaft, das konnte nicht ohne Spuren bleiben. Aber danach war man sich auch wieder gut, holte aus dem Aktenschrank den Kognak hervor und sagte zur Versöhnung: “Forget it!” oder “Schwamm drüber!” 

Oder wie früher, als der Jurist immer auch ein guter Lateiner war: “Justitia fiat!”

Oder man sagte auch einfach nichts.

Und hier?

Trick und Täuschung, falsches Spiel?

Das hörte sich nach Verrat an, nach Verschwörung.

Piezonka ein Verschwörer?

Schwer vorzustellen nach allem, was Seehusen über ihn in Erfahrung gebracht hatte.

Unten auf der Zeitungsseite war von Piezonka auch ein Foto.

Der da auf dem Kamel, mit dem Bärtchen über der Lippe und der verrutschten Brille, das war er. Den Rücken krumm, auf der Stirn Schweißperlen, hockte er auf dem Kamel und blinzelte in die Sonne. Kurz das Hemd, kurz die Hose, alles kurz und khaki, dazu Ringelsocken, Gummisohlen, und im Hintergrund die Wüste. Ein Porträt fürs Urlaubsalbum, Neckermann ließ grüßen. Aufgenommen in Israel, aber nicht im Urlaub, sondern während einer Dienstreise, vielleicht von Frau Dorfschröder persönlich, zu einer Zeit, da im Prozeß anscheinend alles noch seine Ordnung hatte.

Was hatte die beiden so entzweit?

Seehusens Blick sprang weiter, zum dritten Foto.

Ein Trupp SS-Männer, Gruppenbild mit Hunden. Halb in der Hocke, vorn, Schulter an Schulter, die Scharführer, unter ihnen, markiert mit einem Kreuz über schwarzer Schirmmütze, der Angeklagte. Darunter die Zeile:

Angeklagt wegen Mordes in einer unbestimmten Zahl von Fällen:
August Stapff (x)

Dann das Bild von der Prozeßeröffnung, wie Stapff, inzwischen siebzig Jahre alt, den Gerichtssaal betritt.

Er sah jünger aus, das Haar war voll und fest geblieben, er war schlank, um nicht zu sagen hager, etwa ein Meter siebzig groß. Früher hatte er schon einmal vor Gericht gestanden, damals erhielt er lebenslänglich, doch nun, nach zehn Jahren Haft, in denen seine Familie gegen das Urteil angekämpft und einen Anwalt nach dem anderen aufgesucht hatte, war ihm gelungen, was kaum einer für möglich gehalten hätte: die

WIEDERAUFNAHME

Wie ein Schlüsselwort sollte der Begriff in Seehusens Gedächtnis haftenbleiben.

Abends in der S-Bahn, als er nach Kronberg fuhr zu den Dorfschröders, bei denen er - mit Marten und dessen

Kollegen - eingeladen war, erinnerte sich der Gerichtsdirektor, daß ihm in seiner ganzen Laufbahn nur ein Fall von Wiederaufnahme untergekommen war.

Ein Volksschullehrer war das, der für fünf Jahre ins Gefängnis hatte gehen müssen, weil er sich an einer seiner Schülerinnen sexuell vergriffen haben sollte. Erst viele Jahre später, mehr durch Zufall, hatte sich ergeben, daß sie nicht die Wahrheit gesagt, daß sie ihn angeschwärzt hatte, weil sie enttäuscht gewesen war und nicht hatte ertragen können, daß ein anderes Mädchen seine Lieblingsschülerin gewesen war. Als er das erste Mal vor Gericht gekommen war, hatte der Lehrer - was sein gutes Recht war - keine Angaben gemacht. Er hatte nicht gewollt, daß die Schülerin als Lügnerin dagestanden hätte, wenn er freigesprochen worden wäre. Und auch im zweiten Prozeß, dem wiederaufgenommenen, der mit Freispruch endete, war er zum Reden erst bereit gewesen, nachdem in der Zwischenzeit die Eltern mit dem Kind weggezogen waren und festgestanden hatte, daß auf die Schülerin als Zeugin - im Einvernehmen aller - hatte verzichtet werden können.

Seehusen schlug noch einmal die Zeitung auf.

Ihm gegenüber saßen zwei Mädchen, jedes mit einem Geigenkasten. Plötzlich fingen sie an zu kichern.

Es war wohl wegen der vielen Kleckse auf der Zeitung und wegen der Fußabdrücke.

Seehusen kümmerte sich nicht um das Lachen, nickte den beiden freundlich zu. Als der Zug Kronberg - Endstation erreicht hatte, legte er die Zeitung weg.

Draußen schneite es.

Er ließ sich von den Mädchen den Weg erklären, dann schlug er den Mantelkragen hoch und stapfte die Straße hinauf zu Dorfschröders Haus, das hellerleuchtet am Hang lag.

“Schön, daß Sie da sind”, empfing Dorfschröder ihn an der Tür. “Meine Frau macht mir große Sorgen. Vielleicht können Sie uns helfen.”

Seehusen hatte kaum die Schneeflocken von seinem Mantel abgefegt und die Blumen ausgewickelt, als der Hausherr ihn am Ellenbogen nahm und die Treppe hinauf in sein Arbeitszimmer führte.

Aus dem Salon im Erdgeschoß hörte man Stimmen, ein an- und abschwellendes Gesumm, in das sich aus dem Hintergrund einige zur Probe angeschlagene Pianotöne mischten und der etwas erkältet klingende B-Laut eines Blasinstruments.

Das war Marten mit seiner Klarinette. Er musizierte regelmäßig mit Grete Dorfschröder, die sehr passabel Klavier spielen sollte.

Eigentlich hatte Seehusen ja zu Hause bleiben wollen. Doch damit war er bei dem Freund nicht weit gekommen.

“Bist du nach Frankfurt umgezogen, um hier zu versauern?” hatte Marten ihm vorgehalten. “Dorfschröder und seine Grete, das schönste Paar, das die Justizbühnen zu bieten haben. Er, der große Rechtsgelehrte, und sie, die Schülerin, die sein Werk im Prozeß aufführt - das darfst du dir nicht entgehen lassen!”

Also hatte Seehusen eingewilligt und saß nun, umgeben von schönen alten Bildern, von Akten - darunter wohl auch solche aus dem letzten großen Nazi-Prozeß - und von Tausenden von Büchern dem großen Dorfschröder in dessen Arbeitszimmer gegenüber.

“Wenn Sie rauchen wollen, bitte”, sagte der Hausherr und warf einen Blick auf Seehusens gerade neu erstandene Pfeife. “Ich selber mußte es mir abgewöhnen, leider. Das war ich meiner Frau schuldig. Wenn man zwanzig Jahre älter ist, darf man nichts riskieren ... Sehen Sie, da sorgt und sorgt man sich und dann so etwas. Der Prozeß wächst sich aus zur Affäre, Grete hält das nicht mehr durch. Und wissen Sie das Allerneueste: Böse Zungen behaupten, der Querkopf wär' ermordet worden!"

"Sie sprechen von Piezonka?"

"Von wem sonst?! Seit dem Tod sprechen wir von nichts anderem. Es ist kaum noch auszuhalten."

"Ihre Frau steht unter Mordverdacht?"

"Nun ja, nicht offiziell, soweit ist es noch nicht. Doch die Medien, die Zeitungen, der Rundfunk geben keine Ruhe. Sie glauben nicht an Selbstmord. Sie wollen nicht nur das Opfer haben, sie wollen einen Schuldigen."

Seehusen paffte ein paarmal in die neue Pfeife, die nicht so richtig ziehen wollte.

"Uns glaubt man natürlich nicht. Nur ein kleines Wort zur Klarstellung, schon heißt es, wir hätten etwas zu vertuschen. Doch bei Ihnen, Seehusen, ist es etwas anderes, Sie sind unabhängig, Ihnen wird man glauben. Darum flehe ich Sie an: Helfen Sie uns! Beginnen Sie mit den Ermittlungen, stellen Sie fest, daß sich Piezonka selber ruiniert hat. Bitte tun Sie etwas, sonst gibt es ein Unglück."

Dorfschröder lief das Zimmer ab wie ein Tiger seinen Käfig. Dann riß er das Fenster auf, um frische Luft zu schnappen. Draußen fiel der Schnee in dicken Flocken.

Eine Weile sprachen sie nicht, bis der Gelehrte das Fenster wieder schloß und von neuem anhob:

"Ein paar Wochen Hauptverhandlung hätten genügt, um das Urteil zu verkünden. Doch Piezonka mußte gleich - wieder mal! - querschießen. Grete und unser Fräulein

Henselein - sie ist Richterin auf Probe, ein patentes Mädchen, Sie werden sie noch kennenlernen - hatten alles vorentschieden. Kein Freispruch für den Angeklagten, aber auch kein lebenslänglich mehr. Kein Mord aus Eigenmacht, sondern nur Beihilfe. Zehn Jahre Freiheitsstrafe, verbüßt durch die erlittene Haft; Entlassung, aber auch keine Entschädigung. Kein Protest im Ausland, Rechtsfrieden im Inland - und die Justiz, mein lieber Seehusen, hätte bestens dagestanden."

"Und er, was hatte er sich vorgestellt?"

"Er ...? Tja, was hatte er sich vorgestellt? Gute Frage. Ehrlich gesagt, ich weiß es nicht. Ich nehme an, er wollte es drauf ankommen lassen. Immer neue Zeugen, Beweisaufnahme ohne Ende ..."

"Er wollte den Prozeß verschleppen?"

"Anders kann ich es nicht erklären. Grete glaubt sogar, daß er für die andere Seite kämpfte. Aber Beweise ... hat sie natürlich keine."

"Sie glaubt, er war ein Nazi?"

"Vielleicht kein Nazi. Aber auch nicht das Gegenteil. Was eben zuwenig ist in so einem Prozeß." Dorfschröder setzte sich auf die Ecke seines Schreibtischs und verschränkte die Arme. "Kennen Sie meine neue Theorie ...?"

Der Gelehrte war in seinem Element, und während er dozierte, wozu er ausdrucksvoll die Hände zur Hilfe nahm, und vom Großen auf das Kleine kam, in dem bekanntlich das Größte sei - "Ius in minimis maximum" -, drang vom Salon herauf der dunkle Klang der Klarinette, begleitet vom Klavier.

"Ist das Ihre Frau, die spielt?" fragte Seehusen.

Dorfschröder schüttelte den Kopf. “Fräulein Henselein hat das Piano übernommen. Grete war dazu nicht imstande, heute abend nicht. Der Arzt war da, er hat ihr Bettruhe verordnet.”

Er hatte seinen Platz auf der Schreibtischkante aufgegeben und löschte die Lampe.

“Sie warten auf uns mit dem Essen”, sagte er. “Gehen wir nach unten. Wir werden später weiterreden.”

Das Diner war vorzüglich; man speiste in mehreren Gängen, ohne jede Hast.

Seehusens Nachbar, mit dem seltsamen Namen Quasniok, lobte die neue französische Küche; so leicht sei sie, daß man Lust habe - er sagte es auf französisch -, nach dem Menü wieder mit einem Hors d'œuvre zu beginnen. Von seinem Beruf sprach Quasniok, als sei er nicht der Rede wert. Er war Rechtsanwalt, war zusammen mit seinem Bruder in einer Kanzlei und hatte, was er zunächst nur beiläufig erwähnte, August Stapff verteidigt.

Eigentlich wollte der Gerichtsdirektor ihn dazu etwas fragen, doch dann kam das Dessert - Eistorte mit kleinen Haselnußstücken und dazu Erdbeersauce und Mandarinensalat -, und danach sollte sich bei beiden trotz der leichten Küche ein Gefühl der Völle einstellen. Diskret lockerte Seehusen den Gürtel und prostete Marten zu. Angeregt vom vielen trockenen Champagner, wollte der Oberstaatsanwalt noch musikalisch etwas zum besten geben, war aber so betrunken, daß er die Klarinette falsch zum Mund hielt und nur hineinprustete. Unten aus dem Rohr trat Spucke aus, tropfte auf die Tasten des Pianos, was dazu führte, daß Fräulein Henselein aus dem Takt kam und das Spiel - etwas übertrieben - abbrach.

Alles lachte, worauf nun ein anderer das Piano übernahm, der aus Polen angereiste Staatsanwalt Katuszinski, den alle nur Jerzy riefen.

Jerzy schlug in die Tasten, daß auf dem Flügel die Champagnerkorken tanzten. Sein Repertoire war beachtlich und die Beweglichkeit um so beeindruckender, als ihm an der rechten Hand ein Finger fehlte. Zu fortgeschrittener Zeit wollten dann drei Herren vom Landgericht ein Ständchen bringen. Dem Hausherrn, der ihnen einen kurzen scharfen Blick zusandte, schien es nicht recht zu sein, so daß die Herren es vorzogen, nach einem ohnehin mißglückten Anfang wieder an den Tisch zurückzukehren. Obwohl Dorfschröder bestimmt doppelt soviel getrunken hatte wie Seehusen, der Zeichen eines Schwipses an sich wahrnahm, bewahrte der Rechtsgelehrte selbst auf dem Höhepunkt der Stimmung, weit nach Mitternacht, noch die Würde. Nur sein Umgang mit Windbusch, der trotz Schneetreibens mit dem Motorrad angereist war, ließ deutlich Distanz vermissen. Einmal griff er sogar nach dem festen schwarzen Schopf des jungen Staatsanwalts und strich ihm eine Locke aus der Stirn.

Um Fräulein Henselein, die alles hatte mitansehen müssen, war es in diesem Augenblick geschehen: Erregt sprang sie vom Stuhl auf und verließ die Tafel, derart blaß um die goldrandbebrillte Nase, daß Seehusen sich Sorgen machte und sich kurz darauf unauffällig aus dem Salon entfernte, um nach ihr zu sehen.

Auf der Gästetoilette war sie nicht, und auch im Bad, eine Etage höher, wieder auf der Ebene des Arbeitszimmers, war keine Spur von ihr.

Doch weiter oben, unter dem Dach, was war das?

Ein Stöhnen, ein langgezogenes Klagen, das sich beunruhigend anhörte.

Sollte er, oder sollte er nicht?

Seehusen räusperte sich und klopfte an die Tür.

“Fräulein Henselein?”

Die Antwort war ein Poltern, so, als wäre etwas umgefallen. Dann Getuschel, eine dunkle Stimme, ein Zischen.

“Fräulein Henselein!”

Er hätte es sich denken können, und mit einem Schlag, der ihn aus seinem Schwips riß, wurde ihm klar, daß er sich wie ein Esel aufführte.

Grete Dorfschröder!

Sie kam aus dem Bett, nackt. Das heißt, nackt hinter dem Tuch oder Laken, oder was es sein mochte, das sie sich vor den Körper hielt. Sie war bei allem sehr freundlich, und krank sah sie nicht aus. Höchstens, daß die Wangen etwas fleckig waren und sich an der Stirn, wo das lange schwarze Haar ansetzte, ein paar Schweißtröpfchen gebildet hatten. Doch das schien eine andere Ursache zu haben. Seehusen erkannte, daß sie nicht allein war. Ein Mann hockte im Halbdunkel auf dem Bettrand, mit nacktem Oberkörper.

War das nicht ... Katuszinski?

Dann hätte er also den Platz am Piano verlassen, und das Klavier, das man von unten hörte, spielte ein anderer, oder es kam von einer Tonkonserve.

“Sie suchen Fräulein Henselein? Bedaure ...”, sagte Grete Dorfschröder. “Am besten, Sie fragen meinen Mann. Wenn er nicht unten ist, müßte er auf seinem Zimmer sein.”

Sie lachte ihn an wie ein Star aus frühen Kintopptagen, dann schloß sie die Tür, während er etwas stammelte wie: “Tut mir leid, ich dachte nur ...”

Eine Etage tiefer, vor dem Arbeitszimmer, stand er vor derselben Frage: Sollte er, oder sollte er nicht?

Noch so eine Dummheit wollte er nicht riskieren. Also lehnte er das Ohr nur leicht an die Tür und lauschte.

Im selben Moment schob sich die Tür nach innen auf - sie war wohl nur angelehnt -, und dann erblickte er Windbusch.

Vertieft in einen Stoß Akten, hockte der junge Staatsanwalt vor den Regalen, las und machte sich Notizen.

Seehusen wich einen Schritt zurück. Er war erleichert, daß Windbusch ihn nicht bemerkt hatte. Leise zog er die Tür wieder zu, hastete auf Zehenspitzen die Treppe hinunter, riß seinen Mantel vom Haken, schnappte die Tasche und verließ das Haus so überstürzt, daß er im verschneiten Eingang beinahe hingeschlagen wäre.

Seltsam, dieser Abend. Erst die Aufforderung von Dorfschröder zu ermitteln, dann die Sache mit Grete und jetzt auch noch Windbusch. Seehusen war verwirrt. Wo war er hier gelandet?

6

Fräulein Henselein

An der klaren kalten Luft, die von den Taunusbergen kam, spürte Seehusen, daß er mehr als nur einen Schwips hatte.

Eine größere Menge Alkohol hatte er als Student schon nicht vertragen können. Während Marten, wenn er blau war, auf die verrücktesten Ideen verfiel - einmal war er in die Uniform seines Onkels gestiegen, um als falscher Polizist Parkgroschen zu kassieren -, war ihm meistens nur übel geworden.

Und auch diesmal, nach dem vielen trockenen Champagner, fühlte er sich gar nicht wohl. In seinem Kopf herrschte ein großes Durcheinander. Knöcheltief watete er durch den Schnee, strengte sich an und versuchte Klarheit zu gewinnen.

Erst Piezonkas Freundin und der von ihr geäußerte Mordverdacht und nun der große Rechtsgelehrte, der das Gegenteil bewiesen haben wollte.

Verrückt.

Verrückt wie so vieles in dem chaotischen Haus.

Wenn es ein Geheimnis um den Prozeß gab, war es - davon war er überzeugt - in diesem Haus zu finden.

Mal angenommen, es traf zu, was Dorfschröder angedeutet hatte. Dann war Piezonka bei seinem falschen

Spiel durchschaut worden, ein Bankrotteur, der keinen anderen Ausweg mehr gesehen hatte, als sich das Leben zu nehmen.

Und das Tagebuch, von dem Elsie glaubte, daß man es hatte verschwinden lassen?

Piezonka selber konnte es vernichtet haben.

Oder - viel einfacher - es war noch in seiner Wohnung, und Elsie hatte es nur nicht gefunden.

Jedenfalls befand es sich nicht bei den Unterlagen, die ins Gericht gekommen waren. Soviel hatte Marten inzwischen herausgefunden, und der wußte es von Windbusch.

Und Windbusch? Was hatte der junge Staatsanwalt nachts in Dorfschröders Arbeitszimmer zu suchen?

War er mit Dorfschröder verabredet gewesen?

Und der große Rechtsgelehrte, wußte er, was alles unter seinem Dach vorging? Oder hatte er das Ruder längst abgegeben und besaß nur mehr noch die Mütze, um ein bißchen Kapitän zu spielen?

Der Gerichtsdirektor war noch nicht weit gekommen, als ihm am Rand der Straße ein Auto in einer Parklücke auffiel. Es war ein kleiner Wagen, dessen Räder auf der glatten Fahrbahn wegrutschten. Der Motor heulte auf, als würde er im nächsten Augenblick zerspringen. Dann gab es einen Schlag, Schnee staubte auf, und aus dem Wagenfenster hörte man eine Stimme, ziemlich kläglich: "Ist etwas passiert?"

Es war Fräulein Henselein, die Richterin auf Probe.

"Nur die Mülltonne", sagte Seehusen und kam um das Auto herum. "Hauptsache, Sie sind heil geblieben. Geht es Ihnen besser?"

Sie nickte, und als sie ihn anblickte, sah er, daß sie geweint hatte.

“Kann ich Ihnen helfen, Fräulein Henselein?”

“Ich möchte weg von hier.”

“Nach Frankfurt?”

Sie nickte wieder.

Spontan, wie es nicht seine Art war, machte Seehusen ihr einen Vorschlag: “Dann könnten Sie mich mitnehmen. Warten Sie, ich werde Sie anschieben.”

Mit seinen 100 Kilogramm Körpergewicht, die ihm zur Verfügung standen, und dem Rat an Fräulein Henselein, nur halb soviel Gas zu geben, kam der Wagen wieder frei.

Kerzengerade saß die Richterin am Lenkrad und steuerte den Berg hinunter. Seehusen war es nur recht.

Eine wilde Hatz, wie er sie zuletzt mit Elsie erlebt hatte, wäre seinem Magen nicht bekömmlich gewesen.

“Sie waren plötzlich verschwunden”, fing der Gerichtsdirektor das Gespräch an. “Ich dachte schon ...”

“Man hat etwas bemerkt?”

“Ich hab’ es bemerkt ...”

“Dorfschröder ist ein Scheusal”, stieß sie hervor. “Haben Sie gesehen, wie er mich behandelt!? Als wär’ ich Luft für ihn!”

“Sie glauben nicht, daß er Sie schätzt?”

“Dann hätte er mich nicht fallenlassen. Solange der Prozeß lief, haben sie mich gebraucht, er und seine Frau. Ich war ihnen so etwas wie eine Tochter, verwöhnt und überall mithingenommen haben sie mich, sogar mit in den Urlaub. Mein Gott, wie dumm war ich, wie konnte ich mich derart einwickeln lassen. Jetzt sitze ich schön in der Tinte.”

“Dorfschröder macht sich große Sorgen. Wegen seiner Frau.”

"Grete ist doch selber schuld. Überall will sie die Erste sein. Piezonka bekam es ja zu spüren. Ach, ich hätte ihm mehr helfen sollen. Dann wär' s nicht soweit gekommen ..."

"Sie sprechen vom Prozeß?"

"Ich war Anfängerin, und doch war mir bald klar, daß es kein Prozeß war, den man husch, husch hätte erledigen können. Anfangs lief alles bestens: die vielen Reisen, erst nach Polen, dann Israel, zweimal USA und noch einmal nach Tel Aviv. Dann aber ging der Zirkus los: Grete wollte den Prozeß beenden, im Gegensatz zu den Verteidigern. Die verlangten, daß wir neue Zeugen hörten. Fünfzig neue Zeugen!"

Fünfzig neue Zeugen!

Was das bedeutete, brauchte sie Seehusen nicht zu erklären. Das größte Aufgebot an Zeugen, das er an seinem kleinen Amtsgericht jemals geladen hatte, war um die 15 Personen herum gewesen. Das war in dem Prozeß gegen den Bahnwärter, der am frühen Morgen nach dem Schützenfest vergessen hatte, die Schranke für den Triebwagen herunterzulassen, worauf der Zug am Übergang zwei Schülerinnen erfaßt und getötet hatte.

Fünfzig Zeugen, das konnte auch bedeuten, daß mit jeder Aussage ein neuer Zeuge auftauchte, der wiederum zu vernehmen war. Ein Prozeß ohne Ende.

"Genau das, was Grete unbedingt vermeiden wollte." Fräulein Henselein bog ab in die Hauptstraße, wo die Fahrbahn vom Schnee bereits geräumt war. "Sie hatte ganz konkrete Pläne."

"Was für Pläne?"

"Sie müssen mir versprechen, daß Sie nichts weitersagen. Sonst kann ich meine Robe an den Nagel hängen." Sie schaltete den Gang hoch und folgte den Schildern, die nach Frankfurt wiesen. "Grete sollte befördert werden, von der Kammer zum Senat. Und Piezonka, in seiner Gründlichkeit, kam ihr dabei in die Quere."

Und dann begann die Richterin auf Probe zu erzählen, wobei sie hin und wieder eine Hand vom Steuer nahm, um einen Satz, ein einzelnes Wort zu unterstreichen.

Langsam fing Seehusen an zu verstehen: wie Grete Dorfschröder in Zeitnot geraten war, wie sie um den begehrten Posten hatte fürchten müssen, wenn sie mit dem Prozeß - "dieser verflixten Nazi-Kiste", wie sie sich ausgedrückt hatte - nicht zum Ende des Jahres fertig werden würde.

Eine Hupe, böse und bedrohlich nah, riß den Gerichtsdirektor aus seinen Gedanken.

Von hinten war ein Wagen so dicht aufgefahren, als wollte er das kleine Auto von der Fahrbahn fegen. Scheinwerfer blinkten auf, und plötzlich war der Wagen neben Fräulein Henselein, und man sah den Fahrer, der winkte und offensichtlich etwas von ihr wollte.

"So ein Spinner!" fauchte sie.

Sie sah kurz zur Seite, und im selben Augenblick wechselte sie den Ton und rief: "Mein Gott, ich werd' verrückt, Jerzy!"

Wie ein Reiter, unter dem das Pferd dahinschoß, saß Jerzy Katuszinski am Lenkrad und warf ihr lachend Kußhändchen zu. Dann ein knapper Gruß an Seehusens Adresse, und von dem Wagen waren nur die roten Lichter und das Kennzeichen zu sehen.

"Eigentlich wollte er über Nacht bleiben", sagte Fräulein Henselein. "Hoffentlich kommt er gut heim."

Seehusen hörte nicht hin, er war wieder in Gedanken. Hatte er richtig hingesehen?

"... ein Mietwagen, ja. Dorfschröder hat ihn besorgt. Jerzy war im Auftrag des Gerichts hier. Er brachte Akten an, aus Warschau. Jerzy ist ein Schatz. Ohne ihn wäre alles noch schlimmer gekommen."

Seehusen überlegte. Wie lautete das Kennzeichen des Wagens, den Elsie nachts beobachtet hatte?

F-AV 200?

"Ich glaube, Sie haben recht", sagte Fräulein Henselein. "Wozu wollen Sie das wissen?"

"Aus keinem besonderen Grund. Ich dachte, ich hätt' den Wagen schon mal gesehen."

"... und zwar im Parkverbot, stimmt's?! Jerzy macht die tollsten Sachen. Ich sagte ja, es ist ein Mietwagen. Letzte Woche hat er ihn auf der Römertreppe abgestellt. Wenn die Strafmandate kommen, ist er längst wieder in Polen."

Fräulein Henselein lachte. Sie griff nach dem Schaltknüppel, bekam aber nur Seehusens Knie zu fassen.

"Macht nichts", meinte er, obwohl sie zur Entschuldigung gar nichts gesagt hatte. "Hauptsache, Sie haben etwas zum Festhalten."

"Fest genug?"

Von gedrückter Stimmung war bei ihr nichts mehr zu merken. Nachdem sie geschaltet hatte, legte sie, wie selbstverständlich, die Hand zurück auf das Knie ihres Mitfahrers, um sie dort ruhenzulassen. Im Auto war es warm und gemütlich geworden.

"Sie waren Dorfschröders Geliebte?"

"Er ist ein Schwein. Und ein perfekter Liebhaber. Keiner, der wie er das Kunststück kann ..."

Die Henselein lachte und warf den Kopf nach hinten, daß er an die Stütze krachte.

"Und seine Frau? Sie hatte nichts dagegen?"

“Grete? Grete hat doch Jerzy. Es gab keine Schwierigkeiten. Manchmal waren wir auch zu viert zusammen.”

Seehusen blickte seitlich aus dem Fenster. Bis zum Frankfurter Kreuz waren es noch zehn Kilometer.

“Und Piezonka? Beherrschte er sie auch ... die Kunst?”

“Grete hat es mal probiert. Aussichtslos. Ich meine, auch die Banane hat ihre guten Eigenschaften. Nur, es wird kein Schwert daraus. Oder?” Sie lachte wieder, wobei ihre Hand sich hochtastete an seinem Hosenbein, als suche sie dort etwas.

“Wußte er von den Beziehungen?” 

“Er war zu sehr mit sich beschäftigt. Erst rannte ihm die Frau weg, dann machte ihm die Krankheit viel zu schaffen.”

“Was wissen Sie davon?”

“Von seiner Krankheit? Er hat mit mir darüber nicht gesprochen. Von Grete weiß ich, daß es nicht so schlimm war, wie man befürchtet hatte.”

“Befürchtet ...? Oder meinen Sie gehofft? Wär’ der Prozeß wegen Krankheit abgebrochen worden, hätte Frau Dorfschröder doch freie Bahn gehabt.”

“Ach, darauf wollen Sie hinaus”, sagte Fräulein Henselein. “Nein, das ist völlig abwegig. Das würde ja bedeuten ...”

Statt ihren Satz zu beenden, zog sie die Hand von seinem Knie zurück, als ob sie sich verbrannt hätte.

“Beantworten Sie mir eine Frage”, sagte Seehusen.

“Bitte.”

“Wo waren Dorfschröders in der Nacht vom 7. auf den 8. November?”

“Die Nacht, in der Piezonka starb ...? Das kann ich Ihnen genau sagen. Wir waren in der Alten Oper und anschließend in der Tennisbar. Daß etwas passiert war, erfuhr ich am Montagmittag."

"War Katuszinski bei Ihnen?"

"Wo Jerzy war, weiß ich nicht. Aber ... Sie glauben doch nicht im Ernst ..."

"Beantworten Sie nur meine Frage. Wußten Sie, daß Piezonka Tagebuch führte?"

"Nein."

"Daß er vom Prozeß alles privat aufzeichnete?"

"Nein."

"Daß er damit an die Öffentlichkeit wollte?"

"Nein." Sie war einsilbig geworden, und ihre Stimme war jetzt kühl, fast trotzig. "Warum fragen Sie mich das? Sie tun, als hätt' ich etwas zu verbergen."

Seehusen hielt inne und blickte aus dem Fenster. Frankfurt lag im Schneematsch. Am Messeturm stand, dünn wie ein Strich, nur noch eine Hure herum. Bis auf zwei Polizeiautos, die sich ein Rennen lieferten, war die Straße leer. Selbst am Hauptbahnhof war um diese Zeit nichts mehr los.

"Darf ich Sie hier absetzen?"

Fräulein Henselein stieg in die Bremse, worauf der Wagen ein Stück schleuderte, ehe er am Taxistand zum Stehen kam.

"Danke", sagte Seehusen. Er suchte nach dem Türgriff. "Nur eine Frage hab' ich noch. Ich weiß nicht, ob ich Sie richtig verstanden habe. Was genau will Katuszinski hier?"

"Bitte steigen Sie aus!" fauchte sie. "Ich lasse mich nicht ausfragen. Wenn Sie etwas über Jerzy wissen wollen, fragen Sie ihn selber. Von mir erfahren Sie kein Wort mehr. Ich hab' genug von dem Prozeß, ich will nichts mehr davon wissen, nie mehr! Und dann lassen Sie mich endlich fahren, bitte!"

7

Wie Katz und Hund

Am nächsten Morgen brummte Seehusen der Schädel. Er fühlte sich zerschlagen, und am liebsten wäre er im Bett geblieben, wär' nur das Bett ein richtiges Bett gewesen.

Zu kurz, zu hart, zu schmal?

Nicht einmal mehr das hätte er sagen können, so verkehrt war ihm die Lage erschienen. Und gereizt wie er war, hatte er sich in den frühen Morgenstunden von seinem Klappgestell abgerollt und war ins Wohnzimmer umgezogen, wo sich auf dem ausgebufften Kanapee der ersehnte Tiefschlaf allerdings auch nicht eingestellt hatte.

Die erste Pfeife schmeckte mal wieder nach nichts. Und auch der lösliche Kaffee war kein Ersatz für den starken, von Hand gefilterten Bohnenkaffee, den er von zu Hause kannte.

Noch drei Tage war es hin, bis Madame Seehusen mit dem Möbelwagen eintreffen würde.

Schlechtgelaunt machte er sich auf den Weg in die Stadt. Auf der Liste mit Besorgungen, die ihm seine Frau aufgetragen hatte, war kein Ende abzusehen. Erst als er mittags heimkehrte, unterm Arm zwei Gardinenstangen und - als Sonderangebot! - die großkarierte Fußmatte, fühlte er sich etwas besser.

Vom Schnee der letzten Nacht war auf den Dächern inzwischen auch der letzte Rest geschmolzen.

Der Briefkasten im Hauseingang quoll über. Alles nur Reklame, bis auf zwei Briefe, die an ihn persönlich gerichtet waren. Der eine war vom Meldeamt, der andere, in etwas krakeliger Schrift, von Elsie.

Vorhin, von der Hauptpost aus, hatte er in Piezonkas Wohnung angerufen. Doch es hatte sich niemand gemeldet. Und da er Elsie nur beim Vornamen kannte, hatte er nicht gewußt, wie er sie hätte erreichen können.

Wie hieß sie denn nun weiter?

Bernhardi.

Elsie Bernhardi, Sigmund-Freud-Straße 109. Und dann die Telefonnummer.

Hallo Herr Seehusen,
hab' Sie leider nicht mehr angetroffen. Muß auf die große Afrika-Route und komm' am Sonntagabend wieder.

Liebe Grüße, auch an Ihre Frau
Elsie

PS: Schauen Sie sich mal den Schrieb an. Er lag in Piezonkas Mappe.

Schrieb was für ein Schrieb? Seehusen brauchte die Brille. Ach so, das da, die Kopie eines Briefes.

Werte Frau Vorsitzende!
Nun will auch mein Schwiegersohn nicht mehr in der Backstube aushelfen. Ohne mich geht das Geschäft den Bach hinunter. Ich kann nicht länger Schöffe sein, Schluß damit! Das Geschäft ist mein Leben, das laß ich mir von keinem ruinieren, von keinem Richter und keinem Nazi.
Bitte mir Bescheid zu geben, wie ich da herauskomme, sonst garantiere ich für nichts.

Allerwertest
Ihr Ernst Beilberg
Bäcker- und Konditormeister

Eine Spur?

Der Brief war vom 1. November, eine Woche vor Piezonkas Tod geschrieben.

Eigentlich hatte Seehusen vor, den Brief an Marten weiterzugeben, dann aber, im Lauf des Nachmittags, als er sich in der leeren Wohnung zu langweilen begann, kam ihm eine Idee.

Gegen fünf Uhr nahm er seinen Mantel und verließ das Haus. Auf dem Kopf trug er eine Schiffermütze, ein Geschenk, das ihm seine Mitarbeiter feierlich zum Abschied vom Gericht überreicht hatten. Schade nur, daß die Mütze eine Nummer zu klein war, und sooft er sie auch schon über Wasserdampf geweitet hatte, war sie immer wieder aufs alte Maß zusammengeschrumpft.

Es nieselte ein wenig, aber es war nicht mehr so kalt.

Am Lokalbahnhof nahm Seehusen die S-Bahn. Im Abteil sah es aus wie nach einem Vandalensturm. Kein Platz frei, der nicht aufgeschlitzt, der nicht mit einer Parole, einer SS-Rune bemalt war. Viele Leute zogen es vor stehenzubleiben. Während die meisten an der Hauptwache umstiegen, fuhr der Gerichtsdirektor weiter in den Norden, nach Bonames.

Wohnmaschinen türmten sich hinter der Bahnstation auf, knalligbunt gestrichene Quader, die im Regen glänzten. Davor, im Schatten der Kolosse, die letzten alten Häuser, ringförmig, ein paar Läden und etwas Landwirtschaft.

Fettig leuchtete im Schaufenster ein Bienenstich.

Seehusen trat näher, und als er vor Beilbergs Laden stand, entdeckte er, daß es nur eine Attrappe war, die da so glänzte.

Damals, als er noch ein Junge war, hatte ihn sein Onkel, der Konditor, mit zu einer Ausstellung genommen. Drei Etagen hoch hatte das Naschwerk gestanden, die tollsten Torten, so verlockend, daß er nicht hatte widerstehen können. Also hatte er sich eine Ecke herausgerissen und sie begierig in den Mund gestopft. Nach Kleister hatte es geschmeckt und nach Pappe, ein ekelhaftes Zeug, das er sofort wieder ausgespuckt hätte, wäre nicht der Onkel dagewesen, der ja nichts hatte merken sollen ... Und dann die großen Ferien, wenn er mit in die Backstube gedurft hatte, wie der Onkel den Teig geknetet und dazu gesungen hatte:

Das Backen bei Nacht
hat der Teufel erdacht

und wie man sich hatte sicher fühlen können und geborgen.

Oder der Tag, an dem er durchs Examen gefallen war und sich nicht nach Hause getraut hatte, wie er früh um vier in der Backstube erschienen war, durchgefroren, und der Onkel hatte keine Fragen gestellt, den Schemel frei gemacht, ihm ein Brötchen gereicht und weiter seinen Teig geknetet ... Erinnerungen.

"Und Sie?" fragte die Verkäuferin. "Was bekommen Sie?"

"Drei Berliner, bitte", sagte der Gerichtsdirektor.

"Mit Füllung?"

"Ohne."

"Darf es sonst was sein?"

"Ist der Chef zu sprechen?"

"Ich schau' nach. Wen darf ich melden?"

"Seehusen. Es geht um was Berufliches."

Um den Bauch herum eine Schürze, war Beilberg damit beschäftigt, die Bleche sauberzumachen.

“Wenn ich mich nicht täusche”, sagte er und musterte sein Gegenüber, “sind Sie von der Bäckerinnung. Ich hoffe nur, nichts Unangenehmes. Warten Sie, ich mach’ den Stuhl sauber.”

“Halb so schlimm.” Seehusen nahm die Mütze ab. Um nicht aus der Rolle zu fallen, war er bemüht, sich einfach auszudrücken.

“Ich weiß nicht, was ich machen soll, Herr Beilberg. Ich brauche Ihre Hilfe.”

“Dann hol’ ich einen Birnenschnaps. Birnenschnaps hilft immer.”

“Es muß nur unter uns bleiben.” Seehusen dämpfte die Stimme. “Sie kennen das Gericht ja. Die legen alles falsch aus.”

“Das Gericht ...!?” Beilberg lachte, daß das Glas in seiner Hand überschwappte. “Lieber back’ ich Steine, als daß ich noch einmal den Fuß in einen Gerichtssaal setze.”

“Herr Beilberg, Sie waren Schöffe. Sie wissen, was ich meine.”

“Und ob! Fast wär’ der Betrieb dabei draufgegangen.”

“Genau das, was ich befürchte.” Seehusen kippte den Rest des Schnapses hinunter. “Ich soll Schöffe werden, ausgerechnet jetzt, da ...”

“... wo Sie alles in den Laden hineingesteckt haben. Stimmt’s?” Beilberg griff wieder nach der Flasche. “Sie brauchen mir nichts zu erzählen. Darauf trinken wir noch einen.”

Seehusen mußte aufpassen. Wenn das so weiterging, würde er aus der Rolle fallen.

“Wenn sie im Gericht drei Tage sagen, meinen sie drei

Monate. Und heraus kommen drei Jahre!" Beilberg wandte sich wieder den Blechen zu. "So lange hält es kein Betrieb ohne Meister aus."

"Wo man sowieso alles selber machen muß", brummte Seehusen. Er fühlte sich jetzt sicher, so daß er einfach drauflosredete. "Ich würd' Ihnen gern helfen, Herr Beilberg."

"Wenn Sie die Teigmaschine säubern wollen ... Aber paßen Sie auf! Nehmen Sie sich eine Schürze!" Wieder kam der Bäcker mit der Flasche und goß das Glas voll. "Da gibt's nur eines", sagte er. "Dummstellen."

"Dummstellen?"

"Dummstellen oder krankfeiern. Eines von beiden."

Und dann begann Beilberg zu erzählen, was er unternommen hatte, um sein Amt als Schöffe loszuwerden.

Drei Tage nachdem er den Brief geschrieben hatte, hatte er sich mit Frau Dorfschröder am Lohrberg getroffen, etwas außerhalb der Stadt, in einem Ausflugslokal, dessen Wirtin, wie er wußte, einen noch viel besseren Birnenschnaps hatte. Die Richterin hatte ihm nicht erklären müssen, was es für Konsequenzen haben würde, sollte nach den anderen Schöffen nun auch er ausfallen. Beilberg selber wußte, daß der Prozeß platzen würde. Um so erstaunter, ja erfreut war er gewesen, daß sie ihm keine Schwierigkeiten bereitet hatte und sogleich zur Sache gekommen war:

"Sie sagen nur, daß Sie den Überblick verloren haben, mehr nicht. Daß Sie nach den vielen Zeugenaussagen nicht aus noch ein wissen. Daß Sie sich nicht erinnern können, daß Sie nichts aufgeschrieben haben und daß Sie ratlos sind, wie sie entscheiden sollen ... Für den Rest werd' ich dann sorgen."

"Das hat sie gesagt?" Seehusen hatte Mühe, seine Überraschung zu verbergen. "Das hat Ihnen die Richterin gesagt?!"

"Pssst!" Beilberg hob die Hand wie zum Stoppzeichen. "Nicht so laut! Es muß nicht gleich jeder wissen."

Er wischte sich die Hände an der Hose ab und schob die Tür zum Laden zu.

"Na ja, die Dorfschröder", sagte er gedehnt. "Sie wollte den Prozeß loswerden. Genau wie ich. Nur aus einem anderen Grund. Sie wollte hoch hinaus, wollte Karriere machen. Sie tanzte auf drei Hochzeiten zugleich, führte einen Prozeß nach dem anderen. So, als würde ich nicht nur backen, sondern auch im Laden stehen und nebenbei noch ans Finanzamt schreiben." Er lachte kurz. "Im Ernst, die Frau war in der Klemme, alles sollte schnell gehen, und dabei kam sie durcheinander. War sie mit der einen Verhandlung durch, fing sie die nächste an, ohne jede Pause. Klar, daß das nicht gutgehen konnte."

"Was meinen Sie damit?"

"Ständig der Ärger mit den Akten. Entweder fehlte was, oder es waren die falschen Akten da. Das Tollste war die Sache mit dem falschen Schöffen."

Seehusen fuhr zusammen.

Etwas neben seinem Kopf hatte sich bewegt und landete dumpf vor ihm auf dem Tisch.

Es war Beilbergs Kater.

Deutlich auf Distanz, blickte er den Gerichtsdirektor mit Augen an, die alles zu durchschauen schienen.

"Ich weiß bis heute nicht, wie das passierte", fuhr Beilberg fort. "Im Beratungszimmer ging es zu wie in einem Taubenschlag. Immer kamen Leute, die von der Richterin was wollten, Akten holten, Akten brachten ... Also, wir sind dabei abzustimmen, alle Finger gehen hoch, und was passiert: eine Stimme mehr als sonst!"

“Wie bitte?!”

“Eine Stimme mehr! Ich dachte, ich wär’ besoffen. Bis dann klar war: einer saß am Tisch, der gehörte nicht zu uns. Stellen Sie sich vor, ein Schöffe, der im Fall davor eingenickt war und langsam wieder wach wurde ... “

Beilberg redete und redete.

Nur das, was Seehusen gern von ihm gewußt hätte, war noch nicht dabei.

Seufzend legte der Gerichtsdirektor das Putzzeug weg und beschäftigte sich mit der Katze.

Was genau hatte Beilberg tun sollen, um sein Amt loszuwerden?

Es half nichts. Um Konkretes zu erfahren, mußte er Beilberg möglichst unauffällig einige Fragen stellen.

“Was genau hat Ihnen die Richterin vorgeschlagen?”

“Sie wollte alles vorbereiten, das Schriftliche und so. Und danach wollte Sie mit mir zum Psychopater gehen.”

“Zum Psychopater?”

“Ich sollt’ mir keine Sorgen machen, sie tät den Arzt gut kennen, er würd’ sich nur ein paar Minuten mit mir unterhalten.”

“Daß heißt, der Psychiater sollte Sie für verrückt erklären. Und das hätten Sie in Kauf genommen?” Ohne daß er es bemerkt hatte, hatte der Gerichtsdirektor seine gewohnte Sprache wieder angenommen.

“Na ja, wohl ist mir nicht dabei gewesen. Doch was hätt’ ich machen sollen. Ich meine, natürlich haben Sie recht, und ich bin froh, daß ...”

Er verstummte, und für eine Weile hörte man nur das Wasser aus dem Hahn tropfen.

“... daß was? Herr Beilberg, Sie wollten etwas sagen.”

Der Bäckermeister antwortete nicht.

“Sie denken an Piezonka?”

Beilberg sah von seiner Arbeit auf. “Sie kennen ihn?”

“Aus der Zeitung”, sagte Seehusen schnell. “Der Fall stand in allen Zeitungen.”

“Wissen Sie”, sagte Beilberg langsam, “es gibt Leute, denen können Sie nicht helfen. Wenn die keinen Grund haben, sich das Leben schwerzumachen, bringen sie sich um. Piezonka war so einer.”

“Wußte er von Ihren Plänen?”

“Um Himmels willen, nein! So etwas war mit ihm nicht zu machen. Wenn einer die Korrektheit in Person war, dann er.”

“Er stand nicht heimlich auf der anderen Seite?”

“Sie meinen wohl ... am anderen Ufer?” Beilberg sah den Kollegen an und verzog den Mund zu einem Grinsen. “Die Richterin erzählte mal, sie hätt’ ihn nachts vor den U-Bahn-Klos stehen sehen. Und dann hieß es, er wäre Stammgast bei den ‘Tollen Tunten’.”

“Wo, bitte?”

“Bei den ‘Tollen Tunten’. Ein Lokal am Allerheiligentor, nicht weit vom Gericht. Alles Männer, die ...” Beilberg suchte nach dem treffenden Ausdruck.

“... die als Frauen gehen. Haben Sie ihn dort gesehen?”

“Nein, nein, das ist nicht meine Kragenweite. Die Richterin hat es erzählt.” Er schenkte sich ein neues Glas voll, während Seehusen dankend ablehnte. “Wer weiß, vielleicht wollte sie ihn auch nur schlechtmachen. Die zwei waren wie Katz und Hund. Wobei ich fand, daß meistens er im Recht war. Er wollte eben, daß im Prozeß alles seine Ordnung hatte.”

Seehusen nickte, kurz nur und verhalten, damit der andere nichts merkte. Jeder vor Gericht hatte das Recht, daß man ihn anhörte - auch ein SS-Mann. Und deshalb hatte man in dem Prozeß auf die fünfzig neuen Zeugen auch nicht verzichten dürfen.

"Dumm nur, daß alles so viel Zeit brauchte. Und daß ein Bäckermeister in die Backstube gehört und seinen Tag nicht im Gericht vertrödeln kann. Deshalb war ich gegen ihn."

Er verstummte und ließ sich auf seinen Schemel fallen, so als könnte er sich schwer nur auf den Beinen halten.

Seehusen stellte die Bleche weg und band sich die Schürze ab. Fürs erste hatte er genug erfahren. Er wandte sich zum Gehen, holte seinen Mantel und setzte seine Schiffermütze auf. An der Tür zum Laden blieb er noch einmal stehen und fragte: "Wann haben Sie davon erfahren?"

"Was meinen Sie?"

"Wann Sie von Piezonkas Tod erfahren haben."

"Am Montagmorgen."

"Bereits am Montagmorgen?! Sind Sie sicher?"

"Montagmorgen", sagte Beilberg, dessen Zunge jetzt nicht mehr so leicht ging. "Ich meine, am Montag wollten wir morgens verhandeln. Bis mittag haben wir gewartet. Dann brachte der Wachtmeister die Nachricht."

"Und wann sollten Sie beim Amtsarzt sein?"

"Beim Amtsarzt?"

"Bei dem Psychopater."

"Ach so. Dienstag. Ich glaub', es sollte am Dienstag sein."

"Bevor ich gehe, Herr Beilberg, sagen Sie mir bitte eines. Wo waren Sie in der Nacht von Samstag auf Sonntag?"

"Samstags", und Beilberg blickte Seehusen erstaunt an,

“mach’ ich die Torten fertig für den Sonntag. Samstags bin ich immer in der Backstube. Wozu wollen Sie das wissen?”

“Ach, ich dachte nur, wir hätten uns gesehen.” Schnell schob Seehusen die Tür auf. “Beim Bäckerball am Samstag. Ich dacht’, ich hätt’ Sie dort gesehen, Herr Beilberg. Dann muß ich mich geirrt haben.”

8

Bei den "Tollen Tunten"

Natürlich war das eine Spur, und da Seehusen am Samstagabend nichts Besonderes vorhatte, entschloß er sich, einen Besuch bei den "Tollen Tunten" zu machen.

Das Lokal lag am Allerheiligentor, nicht weit von der Zeil. Schräg gegenüber, vor der Mauer des Alten Jüdischen Friedhofs, drückten sich ein paar dunkle Gestalten herum. Weiter unten an der Straße, Richtung Zoo, standen Männer in Rudeln an, Männer mit ernsten Gesichtern, die rauchten, schwiegen und auf Einlaß ins Bordell warteten. Alle zehn Minuten fuhr ein Streifenwagen vorbei. Die Polizistin hinter der Scheibe war damit beschäftigt, ihren Kollegen am Steuer mit Pommes frites und Currywurst aus der Pappschale zu füttern.

Der Gerichtsdirektor tastete nach der Uhr in seiner Hosentasche. Das extralange Kettchen war zwar etwas umständlich. Doch wenn er das Zifferblatt nah vors Auge hielt, konnte er es ohne Brille lesen.

Es war kurz nach neun Uhr, und er hatte noch nicht zu Abend gegessen.

Vor etwa einer Stunde hatte er das Lokal bereits einmal kurz betreten und sich umgesehen.

War es ihm zu leer gewesen, oder war es die Superfrau an der Bar, die ihn zwischen tausend kleinen Spiegeln mit ihrer Maskerade verwirrt hatte?

Jedenfalls hatte er sich wieder zurückgezogen, hatte sich draußen eine Pfeife angezündet, um zu überlegen, wie am besten vorzugehen war.

Im Lokal einfach nach Piezonka zu fragen, hätte nichts gebracht. Selbst wenn man dort den Richter unter seinem Namen kennen würde - was unwahrscheinlich war -, konnte Seehusen nicht mit einer Auskunft rechnen.

Hätte er doch das Magazin aus Piezonkas Wohnung aufgehoben!

"Madame Arthur" in der Westentasche hätte ihn als Kenner ausgewiesen.

Mal sehen, ob sich mit Piezonkas Foto etwas anfangen ließ.

Es steckte in seinem Mantel, und als er jetzt, im zweiten Anlauf, bei den "Tollen Tunten" eintrat und den Mantel abgab, nahm er es rasch heraus und ließ es unauffällig in die Jackentasche gleiten.

Es war nicht leicht, sich zurechtzufinden, so verspiegelt war die Räumlichkeit; von der Form her eine Vase, durch deren engen Hals man vorstieß in einen dicken Bauch, der sich im Bodenlosen verlor.

An der Bar, im Schummerlicht, die Frauen, eine schöner als die andere. Brigitte Bardot, Charlotte Rampling, Liza Minelli, Shirley McLaine und zweimal Marylin Monroe, mindestens. Und dazwischen, klein und flink, die Kellner, die aussahen wie Mädchen und es auch waren.

Oder etwa nicht?

Unentschlossen war Seehusen am Eingang stehengeblieben. Seine Haltung hatte etwas Strenges angenommen, eine Starre, die sich noch weiter ausgeprägen sollte, als sich um seine Hüfte plötzlich ein langer grüner Handschuh legte und am Ohr eine Stimme flüsterte: "Warum so steif?! Und dann noch an der falschen Stelle!"

Es war die Superfrau von vorhin, ein perfekt geschminkter Mann, der für eine Frau nur ungewöhnlich große Zähne hatte.

Sie nahm ihn an der Hand und führte ihn tief ins Innere des Bauches. Es roch nach Moos und Frühlingsblumen und ein bißchen auch nach Zwiebeln. Kleine Nebenhöhlen taten sich auf, mit üppig wuchernden unechten Pflanzen und weiß gedeckten Tischchen. Musik rauschte von der Decke, ein angenehmer Klang, langsamer Walzer oder so, und die Superfrau, die Coccinelle hieß und der Empfangschef war, rückte einen Stuhl zurecht und sagte: "Wenn Sie eine Stärkung wollen, bitte. Ich rufe den Garçon. Oder ist es ein spezieller Wunsch, der Sie zu uns führt?"

"Bin auf Empfehlung hier", brummelte Seehusen und zeigte ihr das Foto.

Coccinelle nahm das Bild an sich, hielt es kurz ans Licht, lächelte dann und sagte mit einem Blick, der sowohl Verständnis als auch Bedauern ausdrückte: "Dafür ist es noch zu früh."

"Zu früh?"

"Louisa kommt erst in einer Stunde."

"Louisa? Und wie heißt sie weiter?"

Coccinelle tat, als habe sie das letzte nicht gehört.

"Verstehe", sagte Seehusen, unnötigerweise. "Ich wollte nur ..."

"Okay, okay, mein Lieber! Schämen Sie sich nicht. Hier heißt jeder, wie er möchte. Und gemeinsam heißen wir: Potze."

“Wie bitte?”

“Potze. Ich sagte Potze und nicht, was Sie in Ihrer Phantasie denken!”

“Verstehe”, sagte er wieder. “Dann wart’ ich auf Louisa Potze.”

“Okay, okay! Sie werden sich nicht langweilen.”

Nein, er sollte sich nicht langweilen. Überhaupt nicht. Von Coccinelle beraten, stellte er sein Menü zusammen, begann mit einem Sherry, und als Hors d’œuvre wählte er sechs frische Austern. Dazu ließ er sich eine Karaffe trockenen, frischen Muscadet bringen.

Allmählich füllte sich der Saal, kam Leben in den Bauch.

Es waren Grenzgänger, von Mann zu Frau, von Frau zu Mann. Daheim, in der Familie, vor dem Chef konnten sie sich nicht so blicken lassen. Doch hier, im künstlich angelegten Sumpf, lebten sie für ein paar Stunden auf, ehe sie sich wieder tarnten: ein wenig wohl auch vor sich selbst.

So einer sollte er, so einer sollte der Richter am Landgericht, Piezonka, gewesen sein?

Schweinisch, was am Nachbartisch für Witze erzählt wurden. Und schamlos, wie sie tanzten, wie sie sich anstießen und sich aneinander rieben und wo sie überall hinfaßten.

Da lobte sich der Gerichtsdirektor die Würde, die von der Matrone ihm gegenüber, an dem großen runden Tisch, ausging.

Vorhin, als er über seinem Steak saß, hatte sie ihm einen langen Blick zugeworfen, eine rote Löwin, die sich hin und wieder mit der Hand durch die Mähne fuhr, wobei der weite Ärmel ihrer Bluse zurückfiel auf den Ellenbogen.

Um sie herum ein Quintett falscher Männer, mit scharf ausrasierten Nacken und in Lederjacken, unter denen sie, soweit er sehen konnte, nichts anhatten. Seehusen mußte an Windbusch denken.

Was hatte der Staatsanwalt nachts allein in Dorfschröders Arbeitszimmer gewollt ...?

Etwas riß ihn aus seinen Gedanken, ein Gurren oder Schnurren, so genau konnte er es nicht unterscheiden. Es kam vom Tisch der roten Löwin, wo man - oh, là, là! - die Lampe gelöscht hatte und wo jetzt eine Kerze brannte. Die Dame hing mehr in dem Sessel, als sie saß, ein Bein leicht abgespreizt, das Gewand aufgeknöpft wie ein Vorhang, der halb geöffnet war. Ruhig und fließend waren unterm Tisch die Bewegungen, und man brauchte nicht länger hinzusehen, um zu ahnen, daß sich zwischen den Röcken allerhand regte und gerührt wurde.

Seehusen vertiefte sich wieder in die Speisekarte.

Wenn schon ein Dessert, dann sollte es etwas Leichtes sein. Vielleicht ein Sorbet, sagen wir mal eine Kugel?

Zuvor wollte er sich jedoch ein wenig frisch machen. Er warf noch einen Blick auf seine Nachbarin, die gerade wieder das Licht anmachte, und begab sich dann in den Waschraum. Er drehte das Wasser auf, wartete bis es richtig kalt war, ließ es über seine Pulsadern laufen und begann, sich mit ein paar Spritzern die Stirn zu kühlen. Dabei betrachtete er sich im Spiegel und bemerkte jetzt erst, daß quer über das Glas etwas mit Lippenstift gemalt war:

"I just want to be a (w)hole!"

Die Tür ging auf, und im Spiegel, genau dort, wo das (w) stand, erschien der große Dorfschröder.

"Gut, daß Sie da sind", sagte er, so als wären sie verabredet. "Es wird immer mysteriöser."

Damit wandte er sich zur Tür und schob den Riegel vor.

"Stellen Sie sich vor, jetzt sind auch die Akten weg. Ich denk', mich tritt ein Pferd, als ich ins Arbeitszimmer komme. Es fehlt etwas, es fehlt die ganze Vorgeschichte, wie der Prozeß begann, warum, wieso. Grete ist außer sich; sie weiß nicht, was sie tun soll. Sie macht mir Vorwürfe; sie meint, ich hätte besser achtgeben sollen."

"Haben Sie mal mit Windbusch gesprochen?"

"Windbusch, wieso Windbusch? Ihm fiel es doch als erstem auf. Letzten Donnerstag - Sie waren ja bei uns - fragte er mich, ob er mal in die Akten sehen dürfe."

"Wann genau war das?"

"So um Mitternacht. Genau weiß ich es nicht. Es spielt auch keine Rolle. Ich mußte mich um meine Gäste kümmern. Windbusch ist dann in mein Arbeitszimmer gegangen."

"Und dann?"

"Was dann?!" Der große Rechtsgelehrte fuhr den dicken kleinen Richter an wie jemanden, der nichts, aber auch gar nichts kapieren wollte. "Nichts dann! Die Kacke ist am Dampfen! Die Presse wird Wind davon bekommen - denken Sie an die Reporterin! -, und sie werden keine Ruhe geben. Man wird Jagd auf Grete machen wie auf einen Täter."

"Nur wegen der paar Akten!?" Seehusen ließ sich nicht beirren. Gründlich, betont gründlich trocknete er sich die Hände ab.

Dorfschröder wurde ungeduldig.

"Verstehen Sie doch! Die Akten sind nur ein Indiz.

Wenn die Akten weg sind, wird man Grete nichts mehr glauben. Man wird sagen, daß sie etwas zu vertuschen hat. Und daß Piezonka sterben mußte, weil er das, genau das enthüllen wollte."

Es klopfte an der Tür, und man hörte Stimmen. Seehusen steckte seinen Kamm weg und fragte: "Weshalb sind Sie hier, Herr Dorfschröder?"

"Um herauszufinden, warum Piezonka nicht mehr leben wollte. Grete sagt, er wäre krank gewesen. Richtig krank, und nicht nur psychisch. Dann erzählte sie etwas von Tunten, und da dacht' ich mir ..."

Wieder klopfte es, diesmal hart und fordernd.

"Was dachten Sie?"

Dorfschröder ging an die Tür. Er wartete einen Moment, und bevor er öffnete, sagte er: "Aids."

"Soll das heißen ...?"

"Aids erklärt alles ... Daß Piezonka sich das Leben nahm und daß Grete nichts mit seinem Tod zu tun hat. Aids würde bedeuten ..."

Eine Traube toller Tunten, die vor der Tür gewartet hatten, drang in den Waschraum ein und ging schimpfend auf die beiden Männer los. Erst als Coccinelle erschien, als sie besänftigend eingriff mit ihren langen grünen Handschuhen, legte sich die Aufregung, und man ließ zuerst den großen und dann den deutlich kleineren Mann passieren.

"Du treulose Tomate", sagte Coccinelle halb im Scherz zu Dorfschröder und hakte sich bei ihm unter. "Statt dich um mich zu kümmern, treibst du dich vor den Klos herum."

Und zu Seehusen, nicht ganz so ruppig: "Und Sie ... Sie sollten längst bei Ihrer Dame sein! Marsch, marsch, zurück ans Tischchen!"

"Ach, so ist das!" rief Dorfschröder, und man sah, wie sich bei ihm die Spannung löste. "Deshalb sind Sie hier! Und ich hatte angenommen ..." Er schlug sich an den Kopf, als wenn er es nicht fassen könnte, und bevor Coccinelle ihn vollends ins Schlepptau nahm und an die Bar fortzog, sagte er schnell und halblaut: "Vertrauen Sie auf mich, Herr Seehusen. Es wird unter uns bleiben. Und sobald ich etwas weiß, rufe ich Sie an!"

Und dazu zwinkerte er mit den Augen, wie Seehusen es sonst nur bei seinem Freund Marten kannte.

Louisa war nicht halb so aufgetakelt wie die anderen Damen. Etwas über zwanzig Jahre alt, leistete sie gerade Wehrdienst und wollte später einmal als Zauberkünstler auftreten. Sie zeigte Seehusen einen schönen Trick, indem sie ihre Zigarette - selbstgedreht und ohne Filter - ein paarmal in der Luft verschwinden ließ, um sie dann wieder hinterm Ohr hervorzuholen. Schließlich fragte sie: "Er ist ein Freund von Ihnen?"

Der Gerichtsdirektor, fasziniert von der Zauberei, brauchte ein paar Sekunden, ehe er gewärtigte, daß von Piezonka die Rede war. Dann nickte er und sagte, etwas überschwenglich: "Ein sehr guter Freund, vielleicht sogar der beste."

"Gehen wir zu Ihnen, oder möchten Sie, daß wir hierbleiben?"

"Lieber hier."

"Gut." Louisa klimperte kurz mit den Wimpern. "Dann folgen Sie mir, bitte. Aber unauffällig."

Es war das Hinterzimmer, in das sie den Gast führte, erreichbar über eine auf den ersten Blick nicht erkennbare Tür in der Spiegelwand, nicht weit von den Waschräumen.

Die Einrichtung erinnerte an einen Trödelladen, und danach roch es auch. Das fraglos schönste Stück war die Ottomane. Dick mit Fellen belegt, die alles noch viel muffiger machten, stand sie mitten in dem fensterlosen Kabuff.

"Wenn Sie Platz nehmen wollen", sagte Louisa. "Sie kennen die Bedingungen?"

Er griff nach seiner Brieftasche und legte vor sich auf den Tisch zwei Hundertmarkscheine.

"Mit Musik oder ohne?"

"Wie üblich."

"Klassisch?"

"Klassisch."

Pianissimo, Dreivierteltakt, Tambourin, dann die Oboe. Seehusen wußte, was kommen würde: der Bolero.

Louisa öffnete den schweren Schrank und nahm etwas heraus. "Das erste Mal?"

Er sagte nichts, er nickte nur. Er spürte, wie sein Mund trocken wurde. Er mußte sehen, was Louisa in der Hand hatte.

Etwas Biegbares, Schlangenähnliches. Ungefähr so lang wie ein Gürtel, aber breiter und fester.

"Gleich richtig, oder lieber erst mal gucken?" fragte sie.

"Erst mal gucken."

"Schlappschwänze", sagte Louisa, indem sie den Gurt spannte. "Immer wollt ihr nur gucken. Statt selber mal zu fühlen, wie es ist."

Dann griff sie nach der Schlinge und legte sie ihm um den Hals.

"Moment!"

Seehusen hatte genau aufgepaßt und fuhr im letzten Augenblick mit der Hand dazwischen.

"Sie wissen, daß Piezonka tot ist?"

Louisas Hand erstarrte auf der Stelle.

“Piezonka ...?”

“Das heißt, Sie kennen ihn nicht?”

“Nein.”

“Der Mann, der mich zu Ihnen schickte ... Er heißt Piezonka.”

“Tot, sagen Sie?”

“Tot.”

“Wenn er tot ist, wie kann er Sie dann zu mir schicken?!”

“Ich sage Ihnen, er ist tot. Erdrosselt worden. Heute vor zwei Wochen.”

“Wahnsinn! Erdrosselt, sagen Sie? Sind Sie von der Polizei?”

“Vom Gericht. Und jetzt machen Sie die Schlinge los, und stellen Sie die Musik ab.”

“Scheiße!” Louisa stampfte mit dem Fuß auf. “Wenn die Polizei ermittelt und mein Chef erfährt davon, bin ich für die Kompanie erledigt.”

“Wann haben Sie Piezonka das letzte Mal gesehen?”

“Vor vier, fünf Wochen.”

“Weshalb kam er her?”

“Weshalb ...!?” Sie begann sich wieder aufzuregen. “Weshalb kommt ihr her? Um herumzuschnüffeln ...”

“Ich bin nicht dienstlich hier, beruhigen Sie sich. Erzählen Sie mir, was er von Ihnen wollte.”

“Er wollte alles wissen. Wie es gemacht wird, warum. Wie das ist mit der Lust, wenn die Luft wegbleibt, mit dem Sex und überhaupt.”

“Er selbst hat nicht ...?”

“Er selbst hat nur ...” Sie brach den Satz ab, als käme ihr plötzlich ein Gedanke. “Wenn Sie vom Gericht sind, müßten Sie doch alles wissen.”

“Ich weiß nicht, ob er sich umgebracht hat oder getötet wurde. Vielleicht war es auch nur ein Unfall.”

“Genau das, was Ihr Freund wissen wollte. Alles hat er sich zeigen lassen, dreimal ist er hiergewesen. Und einmal war ich auch bei ihm zu Hause.”

“Dann müßten Sie doch wissen, wie er heißt?”

“Namen interessieren mich nicht, grundsätzlich nicht. Und außerdem ... er hatte mich mitgenommen, ich brauchte also nicht zu klingeln. Und an ein Türschild kann ich mich nicht erinnern.”

“Was wollte er von Ihnen?”

“Er hat mir etwas vorgeführt. Er holte einen Strick, legte ihn sich um den Hals, machte einen ersten Knoten und ging damit zum Heizkörper.”

“Und dann?”

“Dann hockte er sich vor die Heizung, band sich fest und begann, sich zu drosseln. Er wollte wissen, was passierte, ob man sich dabei töten konnte. Ich meine, unfreiwillig.”

Seehusen griff sich an den Hals und tastete nach der Gurgel.

“Und er hat nicht gesagt, wozu das Ganze dienen sollte?”

“Kein Wort. Es hat mich auch nicht interessiert. Er hat gezahlt, und damit basta.”

Die Luft in dem Kabuff war unerträglich stickig. Seehusen spürte, daß es ihm eng um die Brust wurde. Höchste Zeit, daß er ins Freie kam, um richtig durchatmen zu können. Nur eine Frage noch mußte er Louisa stellen, auch auf die Gefahr hin, daß sie sich wieder aufregte: “In der Nacht von Samstag auf Sonntag ... wo sind Sie da gewesen?”

"Na, wo schon ...?" Sie war jetzt so cool, wie er sie kennengelernt hatte. "Hier natürlich. Sie können Coccinelle fragen. Sie wird es Ihnen bestätigen."

"Sie machen das schon länger?"

"Ein paar Monate. Die Kunden zahlen gut, und ich will etwas aufbauen. Sie wissen ja ..."

Sie machte eine rasche Bewegung, und bevor sich Seehusen versah, klemmte hinter seinem Ohr der eine Hundertmarkschein, fest gedreht wie eine Zigarette.

"Lassen Sie den Zauber", sagte er milde, wie ein guter Vater. "Stecken Sie es ein. Und sehen Sie zu, daß Sie hier rauskommen. Das ist nichts für einen jungen Mann wie Sie, oder?"

9

Nazi-Scheiß

Statt mit August Stapff bei Kaffee und Kuchen zu sitzen, wäre Seehusen am Sonntag viel lieber in den Zoo gegangen.

Doch die verschwundenen Akten, von denen Dorfschröder erzählt hatte, gingen ihm nicht aus dem Kopf.

Wenn etwas faul war an dem Prozeß, etwas in der Vorgeschichte, würde es von anderen Richtern, die den Fall zu übernehmen hatten, demnächst entdeckt werden.

War das der Grund für das Verschwinden?

Und was war mit dem Angeklagten?

Eigentlich hatte Seehusen sich mit dessen Rolle nicht weiter beschäftigen wollen. Nazi-Mörder waren das Letzte, und so war er dankbar gewesen, daß es ihm als Richter in all den Jahren erspart geblieben war, sich damit zu befassen. Deshalb war es ihm auch recht gewesen, daß Stapffs Verteidiger, der Rechtsanwalt Quasniok, den er auf Dorfschröders Party kennengelernt hatte, den Prozeß nur kurz erwähnt hatte.

Nicht, daß der Mann ihm unsympathisch gewesen wäre!

Im Gegenteil, Dr. Quasniok war ein charmanter Plauderer, intelligent und belesen und keine Spur verbohrt, wie man es bei einem Verteidiger aus dieser Szene nicht ohne weiteres erwarten konnte.

Nein, Seehusen wollte mit diesem Nazi-Scheiß - wie er es nannte - einfach nichts zu tun haben.

Um so unangenehmer hatte es ihn berührt, daß Quasniok ihn am nächsten Tag angerufen und ihm eine Bitte eröffnet hatte: Ob der Herr Gerichtsdirektor nicht eine Möglichkeit sähe, mal mit dem Angeklagten zu reden?

“Sehen Sie, uns glaubt er nicht. Doch auf Sie, auf einen, der die Robe abgelegt hat, einen Freund des Hauses Dorfschröder, wird er hören. Ihnen wird er glauben, wenn Sie ihm klarmachen, daß er nicht freigesprochen werden kann. Auch nicht in dem neuen Prozeß. Und daß es das Beste ist, wenn er den Vorschlag annimmt: kein lebenslänglich mehr, sondern zehn Jahre Freiheitsstrafe, verbüßt durch die erlittene Haft ... Wissen Sie, Seehusen, Sie beide können anders miteinander reden, wie - ich weiß nicht, wie soll ich mich ausdrücken? -, sagen wir mal, wie zwei Leute eben, die schwere Zeit durchstanden haben. Schwerste Zeiten, von denen wir, die jüngeren - Gott sei Dank! - keinen Begriff haben ...”

So hatte der Rechtsanwalt und Notar gesprochen, und obwohl Seehusen nicht weiter darauf eingegangen war, saß er nun in dem roten Bahnbus und rumpelte Richtung Vogelsberg, fünfundfünfzig Kilometer nordöstlich von Frankfurt, wo August Stapff mit seiner Familie lebte.

Eben brach die Sonne durch, den ganzen Vormittag über war es grau und bedeckt geblieben. Weite Felder, die im Dunst lagen, und vereinzelt Höfe, die sich in die Landschaft duckten, wurden langsam erkennbar.

Seehusen, der Lust auf einen Spaziergang bekommen hatte, stieg eine Haltestelle vorher aus dem Bus und legte den Rest der Strecke zu Fuß zurück.

Jeder in dem Dorf mit der blankgefegten Hauptstraße kannte August. Hier war er geboren, zur Schule gegangen, hier war er - zicke zacke! - im Turnverein gewesen. Dann waren die Nazis an die Macht gekommen, und der ganze Turnverein war in die SA eingetreten. Und als der Krieg begonnnen hatte, war August, für den kein Platz mehr auf dem Bauernhof war, marschiert - die Fahne hoch! - von der SA zur SS, wo man ihn bald darauf zur Bewachung der Lager im Osten abkommandiert hatte. Dann, als der Krieg aus war, war er zurückgekehrt ins Dorf, wo niemand etwas hatte wissen wollen, nicht was geschehen und wo August die ganze Zeit gewesen war. Viel später erst, in Frankfurt, wohin er einmal im Jahr zum Weihnachtsmarkt reiste, war er erkannt und festgenommen worden, und zum ersten Mal in seinem Leben, inzwischen sechzig Jahre alt, kam er ins Gefängnis.

"Wer hat Sie erkannt?" fragte Seehusen, als er eine dreiviertel Stunde später bei Stapff in dessen guter Stube saß, in der es nach Äpfeln roch und nach alten Leuten.

"Ein polnischer Professor. Er war Häftling in Lublin gewesen und zur Arbeit in das Rüstungswerk abgestellt worden, das ich bewachen mußte. Er war nach Frankfurt als Zeuge gekommen, in einem anderen Prozeß. Ich steh' an der Imbißbude, will mein Würstchen essen, da fängt er an zu schreien, schreit meinen Namen und schreit, bis die Polizei kommt und mich festnimmt."

"Nach so vielen Jahren?"

"Nach fast vierzig Jahren ... Was soll ich sagen? Es stimmt ja, was er aussagte. Ich bin dabeigewesen, ich war zwanzig Jahre alt. Man hat mich nicht gefragt, das Denken wurde uns abgenommen. Jedes dritte Wort war doch: 'Die Juden sind an allem schuld ...' Persönlich hab' ich mir nichts vorzuwerfen. Durch mich ist niemand umgekommen. Ich war ein viel zu kleines Licht, um Schicksal zu spielen. Ich hatte Mitleid mit den Häftlingen, doch ihnen helfen konnte ich nicht. Ich konnt' ja nicht einmal mir selber helfen."

"Wie meinen Sie das?"

"Ich wußte nicht, was auf mich zukam. Als ich dann sah, was geschah, versuchte ich mich wegzumelden. Sie haben es abgelehnt, sie haben mein Gesuch zerrissen, sie haben gesagt: 'Unser Feind steht hier! Wir bestimmen, wann Sie wegkommen!' Später versuchte ich es noch einmal. Da kam der Spieß und schrie: 'Noch so ein Gesuch, und du kannst darüber hinter Stacheldraht nachdenken!' Was hätte ich tun sollen? Mich zu weigern, mich gegen den Befehl zu sträuben, kam mir nicht in den Sinn. Wir sind nicht so erzogen worden, bei uns hieß es: 'Wer nicht gehorchen kann, der kann auch nicht befehlen.' Heute kann es sich keiner vorstellen: aber wir wären wegen Befehlsverweigerung restlos zusammengeschossen worden ..."

Was sollte Seehusen sagen?

Über siebzig Jahre alt, aber jünger aussehend, mit Augen hinter der Krankenkassenbrille, die etwas Ängstliches hatten, hockte Stapff vor ihm und hatte nichts begriffen.

Nein, Seehusen blieb dabei. Mit dem Nazi-Scheiß würde er sich nicht beschäftigen, schon gar nicht diskutieren, nicht mit diesem Mann, nicht in seinem Haus. Und so war er froh, als Stapff, angenehm auf Form bedacht, sich kurz entschuldigte, um in der Küche nachzusehen, wo Kaffee und Kuchen blieben.

Die Stille um das Haus tat wohl. Kein Getöse von der Straße, keine Trambahn, kein Flugzeug in der Luft. Nur das Ticktack von der Standuhr und hin und wieder eine knarrende Diele. Der Gerichtsdirektor dachte an zu Hause. An das reetbedeckte Haus hinter der Hecke, in dem Madame Seehusen jetzt die letzten Sachen einpackte, um morgen früh auszuziehen. Für immer.

Es klapperte, und an der Tür erschien eine Frau, das Geschirr in den Händen.

"Darf ich vorstellen", sagte Stapff. "Meine Schwiegertochter. Sie müssen wissen, meine Frau ist krank. Seit dem Tag, an dem man mich verhaftete, sitzt sie im Rollstuhl und braucht ständig Pflege. Solang ich im Gefängnis war, betreute meine Schwiegertochter sie. Jetzt habe ich es übernommen. Nur, wenn ich wieder ins Gefängnis müßte, müßte Lucie dafür büßen, obwohl sie nicht die geringste Schuld trifft. Die Kinder können sie nicht länger pflegen, der Hof allein bringt es nicht, sie gehen beide arbeiten, auswärts, und Lucie käme dann ins Heim."

"Wo ist Ihre Frau jetzt?"

"Oben, im Schlafzimmer. Sie sagt, ich solle auf Sie hören. Sie würden mir schon helfen." Stapff holte hinterm Fernseher eine Flasche Weinbrand hervor. "Was raten Sie, Herr Rechtsdirektor? Bleib' ich bei dem, was ich ausgesagt habe? Oder sag' ich etwas anderes aus?"

"Bleiben Sie bei der Wahrheit."

"Wahrheit ...!?" Er ließ sich von der Schwiegertochter ein Stück Streuselkuchen auflegen und wartete, bis sie aus der Stube war. "Wahrheit ist, daß nur wir Kleinen den Kopf hinhalten. Was ist mit den anderen? Mit den Großen, die doch wußten, was sie taten."

Der Gerichtsdirektor wollte das Thema wechseln, doch Stapff war nicht aufzuhalten: "Als ich aus Polen zurück war, sprach ich mit dem Vater. Nicht, daß ich ihm etwas vorgeworfen hätte. Und doch hat er es so verstanden. Und nicht verwunden, daß er mir - ich war damals siebzehn -

erlaubt hatte, in die SS einzutreten. Die ganze Nacht saß er nur da und hat kein Wort gesprochen. In der Frühe ist er dann aufs Feld gegangen und hat sich erschossen."

Seehusen merkte auf.

Wie mußte Stapff dann reagiert haben, als er davon hörte, daß Piezonka sich das Leben genommen hatte?

"Der einzige, auf den ich mich verlassen konnte!"

"Wie soll ich das verstehen?"

"Alle haben sie auf mich eingeredet! Die Verteidiger, der Staatsanwalt und auch Frau Dorfschröder. Ich sollte ihren Vorschlag annehmen, dann hätt' ich meine Ruhe und könnte mich ausschließlich um meine Frau kümmern. Doch was nützt mir die Ruhe? Ich will nicht ewig das SS-Schwein sein, das sie vergessen haben zu schlachten! Ich will, daß man mich freispricht! Ich will Recht und keine Gnade!"

Stapff war bei diesen Worten laut geworden, worauf aus der Küche die Schwiegertochter kam und besorgt nach ihm schaute. Sein Gesicht glühte förmlich, und soweit man seine Augen im Halbdunkel der Stube erkennen konnte , waren sie von fiebrigem Glanz.

Vergeblich redete die Schwiegertochter auf ihn ein, bemüht, ihn zu beruhigen. Schließlich zuckte sie mit der Schulter, räumte das Geschirr ab, richtete ab und zu einen Blick auf Seehusen, voller Vorwurf, und verschwand wieder in die Küche.

Seehusen hatte das Gefühl, daß die Gelegenheit günstig war. Er war entschlossen, soviel wie irgend möglich aus Stapff herauszuholen. Noch ein Blick zum Eckschrank, wo das ihm schon bekannte Gruppenfoto aufgestellt war - Stapff, der Scharführer, diesmal ohne die Markierung -, und dann fragte er aufs Geratewohl: "Herr Stapff, sagen Sie mir: Was hatte Piezonka mit Ihnen abgesprochen?"

“Abgesprochen? Wie kommen Sie darauf? Er hat mich kaum angesehen! Nur einmal konnte er mir nicht mehr ausweichen. Das war im Park, hinter dem Gericht, in der Mittagspause. Ich grüßte ihn, er nickte kurz, und dann ging er weiter. Plötzlich dreht er sich um, kommt auf mich zu, und dann sagt er mir ins Gesicht: ‘Mein Herr! Sie waren Nazi, und ich fürchte, Sie werden es immer sein. Es ekelt mich. Und doch werd’ ich alles für Sie tun, daß Sie Recht bekommen und einen fairen Prozeß’.”

“Und daß er sich das Leben nahm ...?”

“... hatte nichts mit mir zu tun. Das war aus Kummer.”

“Sie meinen, er war krank? Seelisch krank?”

“Wenn Kummer eine Krankheit ist ... Nehmen Sie noch einen Weinbrand?”

“Und wenn ich Ihnen sage, daß er ermordet wurde?”

“Ermordet? Wer sollte das getan haben. Er tat doch niemand was zuleide. Er war so etwas wie ...” Stapff suchte mit der Hand nach Worten.

“... wie ein Heiliger, ein Apostel der Gerechtigkeit? Meinen Sie das?”

“Genau das!”

Seehusen schwieg für einen Augenblick. Dann, so als wär’s ihm gerad’ eingefallen, sagte er: “Ach, Herr Stapff, das wollt’ ich Sie fragen. Wie haben Sie es geschafft ...?”

“Was geschafft?”

“Die Wiederaufnahme.”

“Ich mußte mich um meine Frau kümmern. Das gab mir den Auftrieb.”

“Das war Ihr Motiv.”

“Jawohl, Herr Rechtsdirektor.”

“Sie brauchten aber einen Grund. Ohne Grund wird kein Prozeß wiederaufgenommen.”

“Ich weiß nicht, ob ich es zusammenbringe. Wissen Sie, wenn man im Knast sitzt, verschwimmt einem alles, die Zeit, Personen, Orte, einfach alles. Ich weiß nur, ich saß im Knast, und eines Tages hieß es dann, ich bekäme eine Chance ...”

“Was für eine Chance?”

“Es stellte sich heraus, daß eine Zeugin falsch ausgesagt hatte ... eine Miß - wie hieß sie gleich? - Irene Goldburg aus Amerika.”

“Wenn ich Sie recht verstehe”, faßte Seehusen zusammen, “dann hat Miß Goldburg, die Sie schwer belastet hatte, später etwas völlig anderes ausgesagt ...”

“Richtig.”

Was Stapff erzählte, war schlüssig. Eine Zeugenaussage, die wichtig war und sich später als falsch erwies, war Grund genug, einen Prozeß wiederaufzunehmen.

“Und wie haben Sie davon erfahren?”

“Wovon?”

“Daß Miß Goldburg etwas anderes ausgesagt hatte?”

“Ich hab's von meinem Sohn erfahren. Der hat sich darum gekümmert.”

“Ihr Sohn?”

“Ein guter Junge. Ohne ihn würd' ich im Knast verschimmeln.”

“Und Ihre Anwälte?”

“Quasniok und Quasniok? Die hatte ich erst später. Mein erster Anwalt war ein Trottel. Obwohl er Spezialist war für diese Sachen. Er konnte mir nicht helfen. Das hat mein Sohn dann übernommen.”

“Was? Was genau hat Ihr Sohn übernommen?”

“Am besten, Sie fragen ihn selbst. Er müßte längst hier sein. Sonntags hat er immer seinen Fußball.”

“Wie alt ist Ihr Sohn?”

“Vierzig.”

“Und dann spielt er noch Fußball?”

“Nein, nein.” Stapff goß sich nach. “Er ist Betreuer. Vom Verein im Nachbarort. Von daher hat er auch die Verbindungen.”

“Wie heißt der Ort?”

“Wölfersheim.”

“Und was sind das für Verbindungen?”

“Ein paar alte Kameraden.”

Aus der Küche hörte man Stimmen. Es klang nach Schimpfen, und gleich darauf flog die Tür auf, das Licht ging an, und Stapff junior stürzte herein, im knallgelben Trainingsanzug. Er musterte Seehusen kurz mit einem Blick, der nichts Gutes verhieß, und schoß dann auf seinen Vater zu: “Ich hab’ dir doch gesagt, du sollst das Maul halten! Du gehst sofort nach oben und kümmerst dich um Mutti!”

Damit riß er ihm das Schnapsglas aus der Hand und reichte es seiner Frau, der der Auftritt sichtlich peinlich war.

Seehusen fühlte sich wie ertappt. Schnell erhob er sich von seinem Stuhl, faßte sich dann aber, trank bedächtig sein Glas aus und sagte mit einer Stimme, die ihrerseits an Schneid nichts zu wünschen übrigließ: “Was regen Sie sich auf! Er wollte nur erzählen, was in den Akten steht. Und die”, er sah den jungen Stapff scharf an, “werden wir schon wiederfinden!”

Dann nahm er seinen Mantel, klemmte die Mappe unter den Arm und verabschiedete sich, indem er allseits noch einen schönen Sonntag wünschte.

10

Madame Seehusen

Madame Seehusen war früher als erwartet in Frankfurt eingetroffen. Statt im Auto gemächlich hinter dem Möbelwagen herzurollen, wie es ihr Mann wohl getan hätte, hatte sie kräftig auf die Tube gedrückt, um in nur dreieinhalb Stunden das Deutschherrnufer zu erreichen.

Übrigens kam sie nicht allein, sondern hatte einen Mitfahrer bei sich, der neben ihr im Käfig saß, beleidigt. Es war der Kater Salomo. Nur unter schwerem Protest hatte er sich am Morgen aus dem vertrauten Haus ins Auto tragen lassen.

Viel fehlte nicht an diesem Montag, und Madame Seehusen, nicht nur zehn Zentimeter größer als ihr Mann, sondern auch zehn Jahre jünger, hätte vor verschlossener Tür gestanden.

Den ganzen Vormittag über war Seehusen in der Stadt gewesen. Nun rächte sich, daß er in den letzten Tagen mehr recherchiert als renoviert hatte. An der Wohnung war noch eine Menge zu tun.

Immerhin war es ihm gelungen, eine Girlande aufzutreiben und ein Schild mit der Aufschrift

HERZLICH WILLKOMMEN!

Gerade wollte er es über der Tür befestigen, als Madame Seehusen das Treppenhaus betrat, in der einen Hand ihren Schmuckkoffer, in der anderen den Katzenkäfig, von dem ein bestialischer Gestank ausging.

"Nimm es ihm nicht übel", sagte sie. "Um die Zeit sitzt er sonst immer in den Beeten."

"Er wird sich umgewöhnen müssen. Klug genug ist er ja ... Wo hast du geparkt?"

"Vor dem Haus. Wo sonst?"

Die Frau hatte Nerven. Vor dem Haus, wo sonst ...?

Als wär' er nicht seit heute früh ein halbes Dutzend Mal nach unten gerannt, um Autofahrer zu vertreiben, die ihm die Sonderparkerlaubnis hatten streitig machen wollen.

Eben bog wieder einer ein und scherte sich den Teufel um die beiden Verkehrsschilder, die der Gerichtsdirektor beantragt, abgeholt und eigenhändig gestern nacht für den Möbelwagen aufgestellt hatte.

"Es hilft nichts", seufzte er. "Ich muß den Polizisten spielen. Übrigens, falls du etwas zu fressen suchst ... Fisch ist in der Badewanne."

Nun war die Reihe an Madame Seehusen, sich zu wundern. Sie mußte jedoch zugeben, daß seine Idee recht praktisch war: Da es in der Wohnung noch keinen Kühlschrank gab, hatte ihr Mann den Essensvorrat in der Badewanne aufbewahrt und dazu auch Salomos Lieblingsfisch - Barsch! - gelegt.

Seehusen, der auf der Straße im Regen mit der Schiffermütze herumfuchtelte, konnte froh sein, daß als Hindernis wenigstens der Wagen seiner Frau dastand.

Ständig angepöbelt - "Alter Wichser, mach dich heim!"-, hatte er schließlich komplett die Rückbank herausgerissen und quer zur Fahrbahn gestellt, um Autofahrer von der Lücke fernzuhalten.

Als gegen drei Uhr endlich das Möbelauto eintraf, war er völlig erschöpft. Durchnäßt und durchgefroren, schlich er nach oben und ließ sich im Wohnzimmer auf das Kanapee fallen.

"Du liebe Zeit, wie siehst du aus!" rief Madame Seehusen. "Komm, ich koch' dir einen Tee."

"Ich zieh' mir erst was Trockenes an."

"Weißt du, wer angerufen hat? Fräulein Bernhardi. Sie kommt nachher vorbei, um uns zu helfen."

Hilfe konnten Seehusens gebrauchen, denn jetzt kamen die Möbel an. Es kam der schwere Schreibtisch, an dem Seehusen häufig die Urteilsbegründungen entworfen hatte; es kam das Klavier, leider ohne das linke Pedal, das sich später aber auf der Treppe wiederfand; es kamen die großen Spiegel, auf die Madame Seehusen im Schlafzimmer auch nach dreißig - oder waren es einunddreißig? - Ehejahren nicht hatte verzichten wollen.

Stunden zog sich der Marsch der Möbelmänner hin, und als die Wohnung voll war wie ein Warenlager und sich der Kolonnenführer mit einem norddeutschen: "Also dann man Tschüß!" verabschiedet hatte, fragte Madame Seehusen: "Wo ist eigentlich Salomo?"

Er war nirgends zu finden, und im Badezimmer, wo sie ihn am ehesten vermutet hätten, lagen nur noch Gräten herum. Auch die Nachbarn, die sie bei dieser Gelegenheit kennenlernen sollten, hatten Salomo nicht gesehen. "Stell dir vor, wenn er nun zurückgefahren ist im Möbelwagen und morgen um das leere Haus streicht ..."

"Quatsch!" unterbrach Seehusen, der die Neigung seiner Frau zu theatralischer Entwicklung nicht mochte. "Die eine Reise reicht ihm. Ich kenn' ihn doch. Er will uns bloß ärgern. Am besten, wir kümmern uns nicht drum. Dann kommt er von selber wieder an."

So war es auch, bis auf die unwesentliche Abweichung, daß Salomo nicht selber ankam, sondern - jeder Zoll ein König! - gebracht wurde.

Es war Elsie, die ihn zurückbrachte.

Sie hatte ihn im Hauseingang gefunden, wo er ihr um die Beine strich, und obwohl sie nicht hatte wissen können, daß er zu Seehusens gehörte - der Gerichtsdirektor hatte wohl schon einmal Salomo, den Richter, erwähnt, nicht aber seinen Kater -, hatte sie ihn aufgelesen und nach oben getragen.

Während die beiden Frauen damit beschäftigt waren, die Küche einzurichten, stellte Seehusen im Arbeitszimmer die Bücherwand auf. Manch schöner Band, längst für verschollen erklärt, hatte sich in den Kisten wieder angefunden. Er geriet ins Schmökern und hatte sich gerade eine Pfeife angezündet, als es an der Tür klopfte und Elsie eintrat.

"Richtig gemütlich haben Sie's hier", sagte sie. "Und so ein angenehmer Duft!"

"Meine Hausmarke. Latakia und Perique."

"Orient und Südsee."

"Seit wann rauchen Sie Pfeife?"

"Ich reise viel."

"Sie waren weit weg, in Afrika?"

"Nichts als Streß, wie immer. Erst nach Lagos, dann rüber auf die andere Seite, Mombasa, und zurück über Kairo nach Frankfurt. Hinterher komm' ich immer mit den Zeiten durcheinander. Gestern abend konnte ich nicht einschlafen, da war ich noch mal in Piezonkas Wohnung. Und sehen Sie mal, was ich gefunden habe."

Sie holte etwas aus ihrer Handtasche und legte es vor ihm auf den Schreibtisch.

Ein Kalender, ein flacher, in schwarzes Leder gebundener Taschenkalender, mit dem Buchstaben P darauf.

“Sie müssen den November aufschlagen! Sehen Sie mal, was er sich alles vorgenommen hatte. Ich meine, für sein letztes Wochenende!”

Da stand es, so gestochen scharf, daß es aussah wie gedruckt:

7. Samstag 20 Uhr, Kat
8. Sonntag 19 Uhr, Hpm Müll

“Also, mit dem letzten Eintrag”, sagte Seehusen, “kann ich nichts anfangen.”

“Müll, wie Müllabfuhr. Dachte ich zuerst. Möglich, daß er etwas hinausstellen wollte, zum Abtransport am nächsten Morgen. Allerdings paßt die Uhrzeit nicht dazu. Piezonka konnte zwar sehr gründlich sein, nur daß er bis ins kleinste ...”

“Dagegen der erste Eintrag ...” Seehusen zog an seiner Pfeife. “Dazu fiele mir etwas ein.”

“Sie wollen mich auf die Folter spannen, Herr Seehusen!”

“Kat, wie ...”

“Warten Sie, lassen Sie mich raten! Kat, wie Katalysator?”

“Falsch. Kat, wie Katuszinski.”

“Katuszinski? Nie gehört. Hört sich polnisch sein.”

“Richtig.” Und dann mußte Seehusen berichten, was es auf sich hatte mit dem Staatsanwalt Katuszinski, wie er nach Frankfurt gekommen war, um Amtshilfe zu leisten und auch sonst bereit gewesen war zu allerlei Liebesdienst.

“Wollen Sie sagen, daß er mit Frau Dorfschröder ein Verhältnis hatte?” fragte Elsie. “Das hätte Piezonka doch gewußt. Er hat dergleichen nie erwähnt. Seltsam."

"Erinnern Sie sich an das Kennzeichen des Wagens, den Sie nach der Beerdigung beobachtet hatten?"

"F-AV 200."

"Das war Katuszinskis Auto."

Elsie sah Seehusen entgeistert an. Nach einer Weile erst gewann sie die Sprache wieder und rief: "Sie müssen ihn verhaften lassen! Worauf warten wir dann noch?! Katuszinski ist der Täter. Verhaften Sie ihn, bevor er wieder in Warschau ist."

"Erstens ...", Seehusen kramte in der Jackentasche und suchte nach einer neuen Schachtel Zündhölzer, konnte aber keine finden, "... läuft er uns nicht weg. Und zweitens möcht' ich wissen ..."

"Wenn es nur das ist ... bitte!" Sie reichte ihm ein Zündholzheftchen. "Seien Sie vorsichtig! Die sind aus Afrika und brennen wie Zunder."

Er riß sich ein Zündholz heraus, wobei sein Blick auf die Reklame fiel:

BETTER SAFE THAN SORRY

"Und was ist mit dem Schöffen?" fragte Elsie. "Sind Sie der Spur mal nachgegangen?"

"Sie sprechen von Beilberg. Er hätte ein Motiv, theoretisch. Er wollte den Prozeß loswerden, genau wie Frau Dorfschröder. Beide hatten auch schon einen Plan. Ob sie ihn ausgeführt hätten?" Seehusen stieß eine dicke Tabakwolke aus. "Ich weiß es nicht. Der Tod ..."

"... kam ihnen zuvor, ich verstehe."

"Trotzdem müßte man es überprüfen. Ich denke, wir sollten Marten den Fall überlassen. Es gibt Dinge, die sollte man lieber nur von Amts wegen klären."

"Von Amts wegen!?"

Elsies Stimme hatte an Klang verloren, so als stecke ihr ein Kloß im Hals. Enttäuscht blickte sie Seehusen an. "Sie wollen aufgeben? Gerade jetzt, wo wir eine neue Spur haben?"

"Beilberg, Katuszinski, Frau Dorfschröder, das sind harte Brocken. Das ist etwas für Profis, nichts für Amateure."

"Sie und Amateur!?" Elsie verdrehte die Augen, daß einem schwindelig werden konnte. "Verstehen Sie mich, ich möcht' Ihnen nicht auf die Nerven gehen. Sie haben genug zu tun mit dem Umzug, Sie und Ihre Frau. Aber ich darf jetzt nicht einfach aufgeben. Ich muß weitersuchen, bis ich herausgefunden habe, was mit Piezonka passiert ist. Das bin ich ihm schuldig."

Seehusen legte die Pfeife aus der Hand, als wollte er zu einer längeren Erklärung ausholen.

"Einverstanden. Nur dürfen Sie nicht ungeduldig werden. Drei, vier Spuren, was ist das schon? Damit ist es nicht getan. Um festzustellen, ob auch nur eine davon heiß ist, brauchen Sie doppelt so viele."

"Sie reden wie ein Lehrbuch ..."

"Na ja, Lehrbuch ..." sagte er, bemüht darum, die Erwartung zu dämpfen. "Jeder hat so seine Theorie."

"Haben Sie noch mehr so Lehrsätze. Ich meine solche, die auf unseren Fall passen?"

"Lehrsätze?" Er sprach das Wort aus, als schriebe es sich mit zwei e. " Sagen wir besser, ein paar Erfahrungen. Wenn ich wüßte, wo Papier wäre, würd' ich Ihnen eine Zeichnung machen. Zur Erläuterung."

"Eine Zeichnung?"

"Mit allen Spuren, die wir haben. Spuren, die - Sie werden es sehen - keineswegs alle parallel verlaufen, sondern die sich berühren oder kreuzen. Und genau dort finden Sie die Punkte ..."

"... die besonders heiß sind. Schon kapiert. Und so einen Punkt", Elsie sah gespannt aus, "haben Sie gefunden?"

"Kommt darauf an. Kennen Sie die 'Tollen Tunten'?"

"Sie meinen das Lokal. Nur vom Hörensagen. Warum?"

"Ihr Freund ist öfter dort gewesen."

"Ich weiß."

"Sie wissen?"

"Ja. Aber nicht, was Sie denken."

"Sondern?"

"Er war ein paar Mal dort wegen eines Mordfalles."

"Es gab dort einen Mordfall?"

"Nein, nicht dort. Nicht bei den 'Tollen Tunten'."

Elsie machte eine abwehrende Bewegung. "Also, Sie mit Ihren Fragen, Sie können einen ganz schön durcheinanderbringen."

"Bedaure", sagte er. "Bitte, erzählen Sie doch weiter."

"Nur, wenn Sie mich nicht dauernd unterbrechen. Am besten erzähle ich der Reihe nach. Also, Piezonka hatte einen Mordfall zu klären. Ein Mann, recht jung noch, war tot aufgefunden worden, erdrosselt ..."

"Kommt mir irgendwie bekannt vor ..."

"Jetzt unterbrechen Sie schon wieder!"

"Verzeihung."

"Polizei und Staatsanwalt waren einer Meinung. Der Junge, so hieß es, sei ermordet worden, von seinem Partner, einem Opernsänger, bekannt als Homosexueller. Der Sänger aber bestritt die Tat. Er beteuerte, es sei ein Unfall gewesen. Der Junge, den er bei sich in der Wohnung hatte, habe ihm etwas zeigen wollen, irgend so eine Technik mit dem Gürtel, das allerneuste Lustgefühl, was weiß ich. Jedenfalls, der Sänger will vorher noch auf die Toilette gehen, und als er zurückkommt - behauptet er - , hängt der Junge tot am Heizkörper, am Hals den Gürtel. Zuerst war auch Piezonka der Ansicht, was der Sänger erzählt hatte, sei eine - na, wie heißt es gleich ...?"

"... Schutzbehauptung."

"Ja, Schutzbehauptung. Andererseits, was verstand er schon von diesen Dingen? Und so kam er auf die 'Tollen Tunten', um sich zu informieren ..."

Das deckte sich mit dem, was Louisa erzählt hatte. Dann war der Richter - entgegen Dorfschröders Vermutung - doch kein sexuell Perverser gewesen, sondern hatte sich in diesem Milieu umgesehen, um herauszufinden, was so nicht in Büchern stand. Beruhigend?

In gewisser Weise, ja.

Und trotzdem, ein Beweis, der die Selbstmordthese widerlegte, war es nicht.

Angenommen, Louisas Knotenspiele hatten Piezonka so beeindruckt, daß er es selber hatte ausprobieren wollen?

"Kann ich mir nicht vorstellen", sagte Elsie. "In diesen Dingen war er sehr - wie soll ich mich ausdrücken? - orthodox."

"Soweit Sie ihn kannten. Nur, wie gut kannten Sie ihn wirklich? Gestatten Sie, Fräulein Bernhardi, daß ich Sie etwas Indiskretes frage?"

"Ich hab' keine Geheimnisse. Nicht vor Ihnen."

"Verstehen Sie es nicht falsch. Es geht nur darum, etwas auszuschließen. Wahrscheinlich ist es ein Gerücht, aber es gibt Leute, die behaupten, Piezonka sei krank gewesen. Aids-krank."

“Ich weiß zwar nicht, was für Leute Sie meinen. Aber”, Elsie strich ihren Rock glatt, “es stimmt.”

“Es stimmt?”

“Ja. Sie brauchen mich gar nicht so anzusehen, Herr Seehusen, es stimmt.” Rasch erhob sie sich, so als könnte sie seinen Blick nicht aushalten. “Piezonka war HIV-positiv. Und ich”, sie sagte es fast trotzig, “damit Sie es wissen: ich bin es auch!”

Einen Augenblick lang war es still im Zimmer. Dann, nachdem er seine Pfeife wieder in Brand gesetzt hatte, sagte der Gerichtsdirektor: “Seit wann wissen Sie es?”

“Seit knapp einem Jahr. Kann sein, daß ich ihn angesteckt habe. Aber sicher ist es nicht.”

“Und Piezonka? Wie hatte er es aufgenommen?”

“Er ließ den Test bei sich machen und sagte, alles sei in Ordnung.”

“Jetzt versteh’ ich gar nichts mehr. Sagten Sie nicht gerade ...”

“Er wollte nicht, daß ich mir Gedanken mache, Schuldgefühle und so. Verstehen Sie! Deshalb hat er mir sein Ergebnis verschwiegen. Bis ich den Laborbericht entdeckte.”

“Ja, und dann?”

“Na ja, von da an gingen unsere Wege auseinander. Etwas stand plötzlich zwischen uns. Er sagte, daß es ihm leid täte, leid um mich. Ich solle mein Leben genießen, solle die Zeit, die mir noch bliebe, restlos ausschöpfen. Von sich selber sprach er nur am Rande. Ob man fünfzig, sechzig oder siebzig Jahre alt wird, sagte er, sei nicht so wichtig. Entscheidend sei, was man daraus gemacht habe. Und da sei ihm, wenn er Bilanz ziehe, nicht bange.”

Nach den Gedanken eines Selbstmörders hörte sich das nicht an. Vorausgesetzt, Piezonka hatte auch gemeint, was er gesagt hatte, und nicht bloß den Versuch unternommen, seine Freundin irgendwie zu trösten.

Nur, wenn beide in der Lage gewesen waren, so miteinander zu reden, wieso - Seehusen verstand es noch immer nicht - hatten sie dann nicht zusammenbleiben können?

Elsie traf Anstalten zu gehen. “Ich weiß es nicht”, sagte sie. “Ich glaub’, der Tod kann nichts verbinden, er kann nur trennen.”

Sie nahm ihren Mantel, und als er sie an die Tür brachte, fragte sie: “Werden Sie sich weiter um den Fall kümmern? Ich bitte Sie darum!”

“Ich werd’ mit Marten reden. Er soll das entscheiden. Ich bin sicher, Fräulein Bernhardi, er wird Ihnen helfen.”

Es war spät geworden. Längst hatte Madame Seehusen sich zum Schlafen hingelegt, und auch Salomo lag eingerollt in seinem Lieblingssessel und schnurrte.

Seehusen klopfte die Pfeife aus und ging ans Fenster.

Die Hochhausklötze am anderen Ufer lagen im Dunkeln, bis auf ein Büro, irgendwo in der dreißigsten Etage, in dem noch Licht brannte. Wenn man wollte, konnte man es für einen Stern halten, der sich nah herangetraut hatte vom schwarzen Himmel und sich vor der Stadt nicht fürchtete.

11

Ein Pole liebt und schweigt

"Wach auf! Und sieh dir das an ..."

Er war noch halb im Schlummer, als Madame Seehusen, die gewöhnlich vor ihm aufstand, an sein Bett trat und ihn an der Schulter rüttelte.

"Was ist los? Was regst du dich auf?"

"Steh auf und zieh dich an! Und dann sag mir, ob wir hier auch sicher sind ..."

Er hockte sich auf den Bettrand, angelte mit den Füßen nach seinen Pantoffeln und schlüpfte in den Morgenmantel.

Es war immer dasselbe.

Wenn Madame Seehusen sich aufregte, war kaum ein klares Wort aus ihr herauszubringen.

"Also, was ist los?" wollte er wissen und folgte ihr ins Wohnzimmer. Nach den Anstrengungen des gestrigen Tages tat ihm wieder der Rücken weh.

"Schau aus dem Fenster! Die ganze Nacht hat es geregnet, und nun ..."

Ach, du liebe Zeit, Hochwasser!

Mächtig angeschwollen, rauschte der Main vorbei. Obenauf ein paar dicke Baumstümpfe, die auf die Alte Brücke zuschoßen. Weiter westlich, nahe dem Eisernen Steg, hatte das Wasser die Hotelschiffe so weit angehoben, daß es schien, als schwämmen sie, weiß, drei Stockwerk hoch und sehr luxuriös, mitten auf der Straße. Vor dem Haus, unten am Deutschherrnufer, war bereits der Parkplatz überflutet. Um die Fahrzeuge trieb eine Entenfamilie.

"Denk an die Bilder, Rudolf. Sie sind noch im Keller. Ich möchte nicht, daß sie zerstört werden. Du weißt, wie sehr ich daran hänge."

Die alten Ölschinken!

Seehusen konnte sie nicht ausstehen. Seinetwegen durfte die Sintflut kommen. Insgeheim hatte er gehofft, die Bilder wären dort geblieben, wo sie herkamen. Drei kolossale Heide-Schinken, getreu nach der Natur gepinselt von Madame Seehusens Großvater, der ein Freund - "Ja, grün ist die Heide, die Heide ist grün!" - von Hermann Löns gewesen war. Gewiß, auch Madame Seehusen hatte nicht entgehen können, daß es Kitsch war. Es genügte ein Blick auf den unheimlich menschlich geratenen Meister Mümmelmann, ohne den keines der Werke - jeweils am Rand rechts unten - auskam. Aber auf die Bilder verzichten, die Erbschaft ausschlagen? Mal abgesehen davon, daß man dem Großvater auch das Häuschen zu verdanken hatte, das nun zum Verkauf anstand: Ohne die Bilder wäre Madame Seehusen niemals nach Frankfurt umgezogen.

Es war klar, was der Gerichtsdirektor zu tun hatte: Er würde die drei Schinken in Sicherheit bringen, auch wenn vom Hochwasser ernstlich keine Gefahr ausging, jedenfalls noch nicht.

"Aber nach dem Frühstück", murrte er. "Ich muß erst bei Marten anrufen."

Der Oberstaatsanwalt meldete sich in gewohnter Frische. Im Gegensatz zu Seehusen, der etwas Anlaufzeit brauchte, war er ein Morgenmensch und wäre am liebsten jeden Tag früh um halb sieben im Gericht erschienen.

Auch Marten erkundigte sich als erstes nach dem Hochwasser, erzählte dazu eine kleine Anekdote, der eine weitere folgen sollte, bis es Seehusen zuviel wurde. Er fiel dem Freund ins Wort und fragte ohne jede Einleitung: "Wo steckt eigentlich Katuszinski?"

"Jerzy? Das kann ich dir genau sagen. Heut nachmittag ist er in Königstein, und morgen auch. Er hält dort einen Vortrag vor dem Richter-Club. Anschließend fliegt er zurück nach Warschau. Wolltest du ihn noch mal sprechen?"

"Es gibt da eine Sache. Piezonkas Tod ..."

"Ach, du meinst die Selbsttötung. Das beschäftigt dich noch immer? Für uns ist der Fall abgeschlossen. Wir haben noch mal ermittelt. Du weißt ja, es gab ein paar Lücken. Doch jetzt ist alles klar. Dorfschröder lieferte den entscheidenden Hinweis. Es war Selbstmord. Piezonka hatte Aids. Ich meine, das erklärt alles ..."

"Dann wirst du mir sicher auch erklären können, was Katuszinski in Piezonkas Wohnung wollte."

"Unser Jerzy in Piezonkas Wohnung?! Wann soll das gewesen sein?"

"Am Abend von Piezonkas Tod."

"Das Neuste, was ich höre. Wer hat dir so etwas erzählt?"

"Piezonkas Freundin. Das Mädchen, das du zu mir schicktest und das ich jetzt nicht mehr loswerde."

"Ach, die Kleine von der Lufthansa. Ich erinnere mich. Ein süßer Fratz, hätte ich Piezonka gar nicht zugetraut. Und sie behauptet ...?"

"Sie behauptet nicht, sie hat Beweise. Deshalb solltest du mit Katuszinski reden, solange er noch hier ist."

Und während Seehusen begann, die Einzelheiten auszubreiten, wobei er - etwas umständlich, doch immerhin - auch die intime Beziehung zwischen Jerzy und Frau Dorfschröder zur Sprache brachte, wurde der Morgenmensch am anderen Ende der Leitung immer stiller und verstummte schließlich ganz.

"Sag mal, bist du noch da?" fragte der Gerichtsdirektor.

"Ja."

"Und was sagst du dazu?"

"Nein."

"Wie bitte?"

"Unmöglich."

"Ich versteh' dich nicht."

"Unmöglich. Ich meine, daß ich ihn nicht so einfach fragen kann ... Nicht, daß wir uns falsch verstehen, Rudolf. Aber Jerzy ist nicht einfach Jerzy."

"Was heißt das?"

"Er ist nicht als Privatmann hier, er ist hier im Auftrag. Zugegeben", und an dieser Stelle hustete Marten kurz, "dazu passen nicht die Bettgeschichten. Doch das ändert nichts an seinem Status. Katuszinski ist sozusagen als Diplomat hier. Und was es heißt, einen Diplomaten wegen Mordes zu verdächtigen, brauch' ich dir nicht zu sagen."

"Mord, wer redet gleich von Mord? Du sollst Katuszinski nur ein paar Fragen stellen."

"Mord oder Eierdiebstahl, das spielt keine Rolle, Rudolf!"

Eben noch gutgelaunt, reagierte der Freund zunehmend gereizt. "Ich sag' dir doch, er ist als Diplomat hier. Meinst du, ich will mir die Finger verbrennen? Nein! Ich kann dir nicht helfen, tut mir leid, das mußt du selber machen.

Fahr hin nach Königstein und sprich mit Jerzy. Danach sehen wir weiter."

Und bevor Seehusen erkunden konnte, wie er nach Königstein kam, hatte der Oberstaatsanwalt das Gespräch auch schon beendet.

Typisch Marten!

Wenn er etwas partout nicht wollte, konnte er schroff sein wie ein Fels; das war schon früher so.

Und nun, was tun?

Den Fall einfach hinwerfen, alles offenlassen, in der Schwebe?

Wieder nur etwas Halbes, nicht richtig Aufgeklärtes, wie bei so vielen Entscheidungen, die er im Gericht hatte treffen müssen?

Wahrheitsfindung?

Wie oft hatte er dagesessen, in seiner Richterstube, und war trotz aller möglichen Beweise, die gewürdigt sein wollten, fein und klein, das Gefühl nicht losgeworden, daß die Wahrheit woanders lag.

Und hatte er sich für den Ruhestand nicht vorgenommen, einmal, endlich einmal einer Sache so weit auf den Grund zu gehen, daß auch nicht der Schatten eines Zweifels übrigblieb - absolute Wahrheit eben, rein und leuchtend wie ein Kristall und nicht die übliche Mischung aus Banalität und Zufall, aus der man die gerechte Ordnung formen sollte.

Seehusen trank den Kaffee aus, verschwand für kurze Zeit in seinem Arbeitszimmer und kehrte mit einer achtzig Jahre alten Rad- und Automobilkarte wieder, einem seltenen Exemplar, von dem er vor längerer Zeit alle neunundneunzig Blatt von ganz Deutschland antiquarisch erworben hatte.

“Weißt du was”, sagte er zu seiner Frau. “Fahren wir nach Königstein, machen wir uns einen schönen Tag!”

“Nach Königstein?”

“Erst gehen wir spazieren, danach setzt du dich ins Café, und ich schau’ kurz beim Richter-Club herein.”

Er faltete die Karte auseinander und wanderte mit dem Zeigefinger von Frankfurt aus nordwestlich in den Taunus.

Madame Seehusen war nicht begeistert:

“Mit der ollen Karte ... bei dem Wetter?”

“Jetzt tu nicht so, als wären wir von Pappe!” regte er sich künstlich auf. “Das bißchen Regen. Zieh deinen neuen Kleppermantel an und komm. Du brauchst nur zu fahren, ich sag dir schon, wo’s langgeht. Nicht auf die Karte”, und er schmunzelte, “auf die Richtung kommt es an.”

“Jetzt hör auf herumzutönen. Meinetwegen ... ja. Aber vorher rettest du die Bilder!”

Also fuhren sie nach Königstein, und nachdem sie im Schloßpark und an der Burgruine gewesen waren, blieb Madame Seehusen in der Altstadt vor einem Geschäft mit Stoffen und Gardinen stehen und sagte: “Gut, dann trennen wir uns hier. In zwei Stunden hole ich dich ab.”

Seehusen war froh, daß er nicht mit in den Laden mußte. Gardinen waren ihm ein Greuel, wie Freiheitsentzug, den man sich selber auferlegte. Aber das war ein Kampf, den er im ersten Jahr der Ehe hätte führen müssen - und gewinnen. Dafür war es jetzt zu spät. Hatte Madame Seehusen sich ihrerseits doch abgefunden mit dem Tabakqualm und wählte nur solche Stores aus, die leicht zu waschen waren und neuerdings den Vorteil hatten, daß sie nicht - angeblich durch nichts - zu entflammen waren ...

Die Tagungsstätte, wo Katuszinski an diesem Nachmittag seinen Vortrag hielt, lag etwas außerhalb der Ortschaft.

Eine der Ordensschwestern in Schwarz, unter deren Leitung das Haus stand, empfing Seehusen, legte ihr Strickzeug weg, setzte die Nahbrille ab und dafür die Fernbrille auf und wies ihm den Weg zum Auditorium.

Der Saal war restlos gefüllt, bis auf wenige Sitze in der ersten Reihe. Der Gerichtsdirektor wäre zwar gern im Hintergrund geblieben, doch andererseits mochte er nicht stehen, und so tappte er auf Zehenspitzen nach vorn, vorbei am großen Dorfschröder, der ihm freundlich zunickte, und noch ein paar Figuren vom Landgericht, die er von der Party kannte.

Katuszinski vorn am Pult, der kein Manuskript benutzte, kam allmählich zum Schluß. Sein Deutsch war gut, abgesehen von einigen sonderbaren Wendungen, die sich anhörten wie aus einem aus der Mode gekommenen Sprachführer: "... und so darf ich, trotz Irrungen und Wirrungen in diesen Tagen, den Eindruck mit nach Hause nehmen, daß hierzuorten die Juristen ihre Lektion gelernt haben und nicht blind sind auf dem rechten Auge! Ich danke Ihnen für die Aufgemerktheit ..."

Starker Beifall, auch einige Bravo-Rufe, insbesondere aus der Reihe um Dorfschröder. Neben ihm saß Grete, die Augen halb verdeckt durch ein Wagenrad von Hut, mit einem Frühlingsstrauß, der wie echt wirkte. Auch Windbusch war da, auf den Knien seinen Motorradhelm, mit gelben Schnörkeln an den Seiten, die aussahen wie Paragraphen, oder waren es Violinschlüssel? In der Reihe vor ihm saß Fräulein Henselein, das lange blonde Haar zu einem Pferdeschwanz gebunden, den sie seitlich stark versetzt trug und der ihr wie ein Busch über die Schulter wuchs, so daß neben ihr niemand sitzen konnte.

Seehusen beschloß abzuwarten. Dieser Staatsanwalt aus Warschau, jetzt umringt von Zuhörern, die ihn etwas fragen wollten, war nicht irgendwer. Verständlich, daß Marten nichts überstürzen wollte und Furcht hatte vor dem Skandal.

Unauffällig öffnete Seehusen die Aktenmappe. Wo war sein Beweisstück? Hoffentlich hatte er nicht vergessen, es einzustecken. Er suchte noch, als Katuszinski, der ihn wohl erst jetzt bemerkt hatte, die letzten Fragesteller stehenließ und strahlend auf ihn zulief, mit ausgestreckter Hand, wobei er so geschickt die Finger hielt, daß man nicht erkennen konnte, daß einer fehlte: "Herr Amtsgerichtsdirektor! Ich grüße Sie! Schön, daß wir uns noch mal sehen."

"Ganz meinerseits, Herr Staatsanwalt."

"Und Marten? Er ist nicht mitgekommen?"

"Steckt bis zum Hals in Arbeit. Er läßt Sie aber herzlich grüßen."

"Ja, der Marten. Wäre Arbeit eine Sucht, die strafbar ist, säße er längst hinter Gittern... Wie hat mein Vortrag Ihnen gefallen?"

Seehusen bedauerte, daß er so spät gekommen war, und sagte dann: "Schade, daß Piezonka das nicht mehr hören konnte."

"Piezonka, ja ..."

Überrascht sah Katuszinski sein Gegenüber an. "Dorfschröder erzählte mir, Sie hätten sich in die Ermittlung eingeschaltet. Gibt es etwas Neues?"

"Nur Kleinigkeiten. Wenn Sie erlauben, möchte ich Sie etwas fragen."

“Mich? Ausgerechnet mich wollen Sie fragen?” Er blickte sich rasch um und stellte fest, daß nur sie beide noch im Saal waren. “Ich glaube nicht, daß ich Ihnen helfen kann.”

“Das käm’ auf den Versuch an.”

“Na gut”, sagte der Staatsanwalt nach einer Pause, in der er flüchtig die Blätter seines Vortrags ordnete. “Ich schlage vor, daß wir hinausgehen. Frische Luft wird guttun.”

Katuszinski, der sich auszukennen schien, dirigierte den Besucher über einen langen, muffig riechenden Korridor zum Hintereingang in den Garten. Wieder blickte er um sich, offensichtlich bestrebt, nicht gesehen zu werden. Erst am Ende des Gartens, der im Dämmerlicht lag, blieb er am Zaun stehen, nahm aus seiner Hosentasche ein schweres Feuerzeug, zündete sich eine Zigarette an - polnisch und ohne Filter -, tat hastig ein paar Züge und sagte: “Also bitte, ich höre.”

“Kannten Sie Piezonka näher?”

“Näher ... was soll heißen näher?” Er war sichtlich nervös und machte nun beim Sprechen Fehler. “Wenn wir verkehrt herum haben, dann dienstlich. Er war im Prozeß der Aktenmann, also der alles in den Akten kannte. Ich war sein Bote, ich hab’ die Akten ihm gebracht.”

“Doch nicht die ganzen Akten?”

“Nein, nicht das Ganze. Nur, was wir in Polen haben, in Archiv. Piezonka war an Hilfe reich und freundlich immer. Obzwar ich mich gefragt, wie er entschieden hätte: Lebensstrafe oder Freizeitspruch.”

So wie Katuszinski jetzt daherredete, schien er ziemlich durcheinander zu sein. Wäre es eine offizielle Vernehmung gewesen, hätte man sie nicht fortsetzen dürfen.

“Wann haben Sie ihn das letzte Mal gesehen?”

"Das kann ich genau sagen, warten Sie." Er fuhr mit den vier Fingern in die Westentasche, als wollte er seinen Kalender hervorholen, besann sich plötzlich aber anders. "Ich weiß es auch so. Es war der letzte Tag in dem Prozeß, der 4. November, ein Mittwoch oder Donnerstag."

"Da sind Sie ganz sicher?"

"Vollkommen sicher."

"Und wenn ich nun Beweise habe ..."

"Was für Beweise?" Katuszinskis Stimme bekam etwas kratzig Aufregtes. "Ich weiß nicht, was Sie wollen. Was sind das für Methoden?! Ist das ein Verhör?"

"Kein Verhör, nur eine Frage." Seehusen wich einen Schritt zurück, zögerte und trat wieder vor. "Ich möcht' Ihnen etwas zeigen, Sehen Sie sich das mal an."

Damit übergab er ihm Piezonkas Kalender, nachdem er vorher das Novemberblatt aufgeschlagen hatte. An die Gefahr, einem Tatverdächtigen das originale Beweisstück zu überlassen, dachte er nicht.

Schnell entfernte Katuszinski sich, doch nur, um im Schein der Laterne den Eintrag zu prüfen. Seehusen folgte ihm, aber behutsam, Schritt für Schritt, um dem anderen Zeit zu lassen.

Es war dunkel geworden im Garten, und vom Boden kroch, naß und beißend, die Kälte herauf.

Katuszinski reichte Seehusen den Kalender zurück. Er sagte nichts. Erst nach einer halben Runde, die beide schweren Schritts zurückgelegt hatten, brach er das Schweigen.

"Trotzdem, es stimmt nicht."

"Wieso trotzdem?"

"Die Notiz ist falsch. Da hat Piezonka sich geirrt."

"Sie waren nicht mit ihm verabredet?"

"Doch. Nur nicht am Samstag. Es war am Sonntag."
"Und waren Sie auch dort?"
"Ja. Leider."
"Wieso leider?"
"Wär' ich samstags gekommen, hätt' ich ihn aufhalten können, vielleicht."
"Sie waren am Sonntagabend dort, Sie klingelten, aber es machte niemand auf. Waren Sie nicht überrascht? Sie waren doch verabredet ..."
"Ich dachte, daß er es sich anders überlegt hätte."
"Was wollten Sie eigentlich bei ihm?"
"Mit ihm reden. Ich wollte wissen, wo im Prozeß er stand, auf welcher Seite, was er vorhatte. Ob er uns helfen wollte oder alles zerstören. Sie wissen doch, was los war. Nichts wie Zank und Streitigkeiten. Ich dachte, ich könnte es schaffen ... ein bißchen Frieden."
Schweigend zogen sie weiter, vorbei am Brunnen mit den Skulpturen, die schwarz gegen den Himmel standen. Aus der Tagungsstätte, die hellerleuchtet war wie ein Vergnügungsdampfer, drang Lachen und das Klappern von Geschirr. Seehusen fragte: "Und der andere Eintrag - Hpm Müll - sagt Ihnen nichts?"
"Gar nichts."
"Darf ich Sie noch etwas fragen?"
"Bitte."
"Wo waren Sie in der Nacht von Samstag auf Sonntag?"
"Also doch ein Verhör."
"Sie müssen mir nicht antworten. Es liegt bei Ihnen."
"Ich steh' zu allem, was geschehen", sagte Katuszinski ruhig. "Ich möchte nur nicht ... indiskret sein."
"Sie waren mit Grete zusammen?"

“Da Sie es ohnehin wissen, ja.” Er sprach jetzt wieder so gut Deutsch wie bei seinem Vortrag.

“Darf ich fragen, wo?”

“Ein Pole liebt und schweigt.”

“Fräulein Henselein sagt aber, Grete wär’ mit ihrem Mann in der Alten Oper gewesen.”

“Das muß ein Mißverständnis sein.” Katuszinski ließ sein schweres Feuerzeug wieder klicken und zündete sich eine neue Zigarette an. “Oder sie erzählt nicht alles. Richtig ist, daß Fräulein Henselein von sieben Uhr an mit Dorfschröders in der Oper war. Doch in der großen Pause hat Grete sich entfernt. Sie macht sich nichts aus Oper, genau wie ich. Wir waren beide essen, und anschließend sind wir zu mir ins Hotel gegangen. Während die Henselein - sie selber hat es mir erzählt! - später noch in der Bar gewesen ist.”

Das hörte sich plausibel an. Ob es sich nun in jedem Punkt mit Fräulein Henseleins Angabe deckte, konnte Seehusen nicht sagen, nicht aus dem Kopf. Dazu hätte er in seiner dicken schwarzen Kladde nachsehen müssen, in der er seit ein paar Tagen alles genau notierte.

Ob er auch den nächsten, sehr viel heikleren Punkt zur Sprache bringen sollte?

Den Versuch des Staatsanwalts, am Abend von Piezonkas Beerdigung in dessen Wohnung einzudringen?

So ohne jede Vorbereitung war kaum etwas herauszuholen. Kein Verhör, das nicht seine eigene Dramaturgie hätte; keine Antwort, die in der Frage nicht schon steckte. Und Jerzy war ein geschickter Bursche.

Was würde er diesmal sagen?

Daß Elsie sich irren müsse, daß er nur geklingelt und geklopft und nicht versucht habe, gewaltsam die Tür zu öffnen.

Daß sie ihm, an dem Tag der Beerdigung, leid getan habe und er sie in der Wohnung habe aufsuchen wollen, um sie zu trösten.

So etwa, oder ähnlich.

"Sagen Sie mal, Herr Katuszinski ..."

"Verzeihen Sie", sagte der Staatsanwalt. "Ich glaub', uns hat jemand gerufen."

Tatsächlich. Auf der Terrasse vor der Tagungsstätte stand eine Person und winkte.

Es war der große Dorfschröder.

"Ach, hier seid ihr, Menschenskinder!" rief er und hob beschwörend die Hände. "Ich such' euch überall. Wir wollten schon die Fahndung auslösen." Er lachte kurz und wandte sich an den Gerichtsdirektor. "Sie müssen uns mal wieder helfen. Stellen Sie sich vor, der Referent ist weggeblieben. Der Mann, der unser Podium leiten soll. Bitte springen Sie ein, übernehmen Sie die Sache, Sie kennen ja das Thema. Selbstverständlich sind Sie unser Gast. Jawohl, Sie bleiben heut nacht hier, Sie und Ihre Frau ... ja, Sie hören richtig. Madame ist längst eingetroffen. Sie wartet am Empfang, die Nonnen kümmern sich um sie. Gehen Sie hin, beeilen Sie sich! Nachher haben Sie eine Heilige und keine Ehefrau mehr, haha!"

12

Ohne Akte, nackt

Madame Seehusen aber wollte nicht über Nacht bleiben, sondern nach Frankfurt zurückfahren.

“Einer muß sich um Salomo kümmern”, sagte sie. “Wenn er nichts zu fressen hat, nimmt er die Wohnung auseinander.”

Seehusen trug ihr die großen Einkaufstüten und brachte sie an den Wagen.

“Morgen häng’ ich dir die Bilder auf”, verabschiedete er sich, wobei sein flüchtig angesetzter Kuß bei ihr im Mantelkragen hängenblieb. Dann winkte er noch einmal und begab sich darauf in den Speisesaal.

Viel war vom Abendessen nicht übriggeblieben.

Seehusen saß allein am Tisch und hielt sich am Dessert schadlos, als die Tür aufflog und Grete Dorfschröder hereinrauschte.

Aufgebracht und bleich vor Zorn, in der Hand den Frühlingshut, den sie vor sich hielt wie einen Kampfschild, kam sie geradewegs auf ihn zu.

“Das ist doch wohl die Höhe! Was erlauben Sie sich!?”

Er war so verdattert, daß er sich beinahe verschluckt hätte.

“Wie können Sie es wagen!? Wer gibt Ihnen das Recht? Wie können Sie Jerzy solche Fragen stellen?”

Herausfordernd sah sie ihn an, worauf er ihrem Blick auswich, nach wie vor nicht imstande, etwas zu sagen.

"Wollen Sie die Justiz in Verruf bringen?! Erst die Pleite im Prozeß und jetzt das! Sie wissen nicht, was auf dem Spiel steht ..."

Langsam, wie es seine Art war, begann der Gerichtsdirektor sich zu fassen. Er räusperte sich, so als müßte er Anlauf nehmen, und sagte dann: "Ich wüßte nicht, daß es verboten wäre, sich zu unterhalten. Worüber regen Sie sich auf? Sie können Katuszinski nicht den Mund verbieten."

"Sich unterhalten? Das nennen Sie unterhalten?! Wissen Sie, wie ich das nenne? Schnüffeln! Jawohl! Überall schnüffeln Sie herum. Erst in meinem Haus, dann bei Fräulein Henselein, anschließend waren Sie bei Beilberg, und jetzt ist Katuszinski dran. Ich weiß nicht, was Sie wollen! Wenn Sie glauben, ich hätte Piezonka umgebracht, dann sagen Sie es gerad' heraus!"

"Nein", sagte er mit fester Stimme und seiner Sache völlig sicher. "Ich glaube nicht, daß Sie ihn umgebracht haben. Wie kommen Sie darauf?"

"Wie ich darauf komme? Weil Sie ..."

Sie brach den Satz ab, unvermutet, wie ein Kind, das sein Spielzeug einfach fallen ließ, weil es keine Lust mehr daran hatte. Dann machte sie mit dem Hut eine Bewegung, die so etwas wie Ende der Vorstellung bedeutete, und sagte: "Es ist schon schwer genug. Machen wir es nicht noch schwerer."

Der Orkan, der sie hereingeweht hatte, war wie weggeblasen.

Wenn Seehusen die Zeichen richtig verstand, erwartete sie, daß er sie an seinen Tisch bat und das Gespräch in ein ruhigeres Fahrwasser lenkte.

“Möchten Sie etwas trinken? Einen Kaffee?”

“Lieber ein Glas Wein.”

“Rot oder weiß?”

“Nicht so wichtig. Nur nicht süß. Süßes mag ich überhaupt nicht.”

Er ging vor zum Tresen und gab die Bestellung auf. Er begriff nicht, daß sich ihr Verhalten so plötzlich verändern konnte. Zum ersten Mal konnte er sich vorstellen, was es hieß, dieser Frau zu widersprechen, wenn sie sich etwas in den Kopf gesetzt hatte.

“Sie müssen Jerzy glauben”, beschwor sie ihn, als er mit der Karaffe Wein und zwei Gläsern zurückgekehrt war. “Wir sind den ganzen Abend über zusammengewesen. Ich kann jetzt darüber sprechen. Die Geschichte ist zu Ende.”

Er nahm sich seine Pfeife vor und begann sie sorgfältig zu stopfen. Um die Tabakkrümel, die ihm auf die Hose fielen, kümmerte er sich nicht.

“Wußten Sie, daß Jerzy mit Piezonka verabredet war?”

“Nein.”

“Und daß er nochmals in die Wohnung wollte am Abend der Beerdigung?”

“Davon weiß ich nichts.”

“Man hat den Wagen dort gesehen ...”

“Ich sage doch, mir ist davon nichts bekannt.”

Ihre Antworten kamen schnell und präzis, so, wie ein Richter sich die Antwort eines Zeugen wünschte.

“Sie wissen, daß Piezonka über den Prozeß ein Tagebuch führte? Und daß er damit an die Öffentlichkeit wollte ...”

“Ich hab’ davon gehört. Aber erst nach seinem Tod.”

“Wer hat es Ihnen erzählt?”

“Jerzy oder Windbusch. Vielleicht auch mein Mann. Genau weiß ich es nicht.”

"Sie wissen, daß das Tagebuch verschwunden ist?"

"Ebenso wie ein Teil der Akten."

"Beunruhigt Sie das nicht?"

"Beunruhigt ist das falsche Wort." Sie griff nach ihrem Glas, nickte Seehusen kurz zu und tat einen großen Schluck. "Es ärgert mich, wie jede Schlamperei. Schlamperei kann ich nicht leiden. Sie hält nur den Betrieb auf."

Seehusen testete den Wein. Es war Burgunder, weiß und trocken, frisch im Geschmack, mit einem Hauch von Mandel und Vanille. Auf Wein schienen die Ordensfrauen sich zu verstehen.

"Einer meiner Lehrmeister", sagte Grete Dorfschröder und lächelte dabei, "verhandelte mal völlig ohne Akten. Ein Husarenstück, sag' ich Ihnen. Er hatte nur den Aktendeckel vor sich, damit niemand etwas merkte. Nach einer Stunde war das Urteil fertig, rechtskräftig natürlich ... Na ja", sie lehnte sich zurück und entspannte, "Sie kennen ja den Laden."

Er schmunzelte und schickte ihr, wie zur Bestätigung, aus seiner Pfeife eine Tabakwolke herüber. Von solchen Anekdoten hatte er selber einige auf Lager. Jetzt interessierte ihn allerdings etwas ganz anderes.

Was genau stand in den Akten, die verschwunden waren?

"Alles graue Vorgeschichte. Nichts Besonderes, soweit ich mich erinnere. Genaues dazu hätte Piezonka Ihnen sagen können. Er hat sich damit lang beschäftigt. Was der Grund dafür war? Ich weiß es nicht, es hat mich auch nicht interessiert. Jedenfalls denk' ich mir, daß dabei Akten weggekommen sind. Ordnung halten war nun mal nicht Piezonkas Stärke, bei allem, was er konnte. Und er konnte manches, keine Frage!"

Eigenartig. Seehusen stutzte. Das war ein anderer Ton,

maßvoll, nicht ohne Verständnis. Und dabei hatte es doch geheißen, der Richter und die Richterin hätten sich überhaupt nicht verstanden.

“Sie denken, ich wär‘ der böse Hund gewesen und er das arme Kätzchen ...?” Grete zeigte sich amüsiert. “Lassen Sie es mich erklären. Sehen Sie, Piezonka war ein blendender Jurist. Einer, dem so leicht keiner etwas vormachte, kein Professor und auch kein Revisionsexperte. Nur, er war am falschen Platz; er gehörte an die Hochschule, von mir aus auch als Handelsrichter, aber nicht zu uns, nicht zur Strafjustiz. Sie verstehen, was ich meine. Im Grunde war er viel zu weich, hatte andauernd Gewissensbisse und war von einer Pingeligkeit, die wir uns nicht leisten können. Ein guter Richter darf nicht voller Zweifel stecken; er muß überzeugen können ...”

“Und Piezonka?” unterbrach der Gerichtsdirektor. “Was dachte er über Sie?”

“Er hat mich verachtet. Ich war für ihn die Karrieristin, eine Frau, die um jeden Preis nach oben wollte, notfalls durch Rechtsbeugung. Na gut, inzwischen ist mir klar, daß er es nicht anders sehen konnte. Verzicht auf Macht war für ihn Größe, während ich nicht so denke. Ja, ich wollte diese neue Stelle, ich will sie noch immer. Deshalb sollte der Prozeß zu Ende gehen, mit einer Lösung, die akzeptabel war. Warum auch nicht? Glauben Sie mir, wir hätten noch Jahre verhandeln können, es wäre nichts anderes dabei herausgekommen.”

Respekt, dachte Seehusen. Die Frau hatte Format. Oder war es nur eine Show, die sie abzog, um ihn auf ihre Seite zu ziehen? Es war schwer, sie richtig einzuschätzen. Selbst die Szene, die sie eben hingelegt hatte, konnte beides bedeuten. Entweder, Grete neigte zur Unbeherrschtheit, oder sie besaß das Geschick, Entgleisungen so zu planen wie anno dunnemal die Demoiselles ihre Ohnmachtsanfälle.

“Nicht, daß Sie denken, ich hätte den Prozeß kaputtfahren wollen, das nicht.”

Grete klappte ein Seitenfach ihrer Handtasche auf, nahm einen Spiegel heraus und prüfte den Sitz ihrer Frisur. Bevor sie den Spiegel wieder wegsteckte, warf sie einen Blick auf ihren Mund. Ihre Lippen waren bläulich angemalt, ein verschattetes Lila, das an die Farbe einer Morelle erinnerte und sich hervorragend in die Blautöne ihres Kostüms einfügte.

“Wir hatten nur eine andere Taktik, Fräulein Henselein und ich. Nachdem sich abgezeichnet hat, daß der Prozeß länger dauern würde, wollten wir uns Zeit lassen, viel Zeit. Stapff sollte mürbe werden und ein Teilgeständnis ablegen. Und der Prozeß wäre beendet worden, wie es für alle das Beste gewesen wäre. Zehn Jahre Freiheitsentzug, verbüßt durch die erlittene Haft.”

Wieder so eine Erklärung, die verblüffend offen war und nicht geschickter hätte sein können.

Nur, wie paßte dazu Beilbergs Aussage?

Hatte der Schöffe Märchen erzählt?

“Kein Märchen, ein Mißverständnis”, antwortete sie bestimmt. “Beilberg hoffte wohl, ich könnte ihn einfach vom Prozeß entbinden. Ich sagte ihm, so geht das nicht. Er müsse schon sehr krank sein und geistig nicht mehr in der Lage, dem Stoff zu folgen. Und damit müsse er zum Amtsarzt gehen.”

“Piezonka wußte nichts davon?”

“Weiß ich nicht mehr. Kann sein, daß wir den Arzttermin abwarten und ihn dann informieren wollten. Wissen

Sie, ich bin davon ausgegangen, daß Beilberg in Wahrheit nichts hatte. Er wollte bloß ..."

In diesem Augenblick flog wieder die Schwingtür auf, und der große Dorfschröder kam hereingeschossen. Er wirkte abgehetzt und fahrig, was seiner eleganten Erscheinung etwas Abbruch tat.

"Sagt, habt ihr Jerzy nicht gesehen? Lieber einen Sack Flöhe hüten als eine Schar Juristen! Das Podium fängt an! Und ich kann weder ihn noch seinen Wagen finden. Er wird doch nicht", hastig warf Dorfschröder einen Blick auf Seehusen, "geflüchtet sein!? Ich meine, vor der Diskussion. Grete, tu mir den Gefallen und sieh nach, ob er auf seinem Zimmer ist. Und Sie, Seehusen, übernehmen Sie den Parkplatz. Ein schwarzer Wagen, Kennzeichen ..."

"Er weiß es", warf Grete von der Seite ein.

"Was weiß er?"

"Er weiß mehr, als du denkst." Sie rückte ihren Hut zurecht.

"Er kennt den Wagen."

"Also, Kinder, ich weiß nicht, wo mir der Kopf steht. Bringt mir jetzt den Jerzy her, tot oder lebendig. Über alles andere reden wir dann später."

Damit griff er nach dem Glas seiner Frau, leerte es in einem Zug und reichte ihr den Arm, worauf beide, in größter Eile, den Saal verließen.

Dieser Dorfschröder!

Seehusen irrte bereits über den dunklen Parkplatz, auf der Suche nach Katuszinski, als ihm aufging, was er alles mit sich anstellen ließ.

Wo der Gelehrte auftrat, verbreitete er Bedeutsamkeit. Eh' man sich versah, war man sein Vertrauter, ein Teil des großen Ganzen, dem man sich andiente ohne viel zu fragen. Scheinbar ohne Zug und Zwang führte er die Fäden und verstand es, selbst jene einzubinden, von denen man annehmen sollte, daß sie sich nicht so einfach verstricken ließen.

Unmöglich die Vorstellung, daß Dorfschröder mit dem Ausgang des Prozesses und Piezonkas Tod nichts zu tun hatte!

Doch statt sich mit dem Mann auseinanderzusetzen, statt ihn mit all den Merkwürdigkeiten zu konfrontieren, rannte Seehusen durch die Nacht, um in seinem Auftrag ein Podium zusammenzustellen.

Er wollte gerade umkehren, als ihm am Rande des Geländes, zum Wald hin, ein Wagen auffiel, der in deutlicher Entfernung zu den anderen geparkt war.

Eben flackerte im Innern ein Licht auf.

Katuszinskis Feuerzeug?

Er blieb stehen, suchte nach Deckung, zog sich zurück hinter einen Bauwagen.

Etwas hielt ihn davon ab, direkt auf den Wagen zuzugehen.

Auf dem Fahrersitz saß ein Mann. Das heißt, eigentlich lag er mehr, mit weit zurückgelehntem Oberkörper, den Kopf nach hinten, ohne jegliche Bewegung.

Seehusen ging näher heran.

Es war Katuszinski, kein Zweifel.

Noch immer rührte er sich nicht. Es sah aus, als ob er schliefe. Oder sich entspannte. Auf dem Gesicht lag ein Lächeln, mehr noch: ein Ausdruck der Verzückung, wenn nicht gar der Lust.

Ja, jetzt war auch Musik zu hören. Ein Klavierkonzert, der zweite Satz, lentissimo. Katuszinski hatte Nerven. Im großen Saal warteten einhundertfünfzig Juristen, um mit ihm seine Thesen zu diskutieren, während er sich ausruhte und Rachmaninow hörte.

Oder war es doch von Schumann?

Seehusen trat an die Beifahrertür, pochte ein-, zweimal kurz an die Scheibe und öffnete dann.

Du kriegst die Tür nicht zu!

Jerzy war nicht allein. Fräulein Henselein war bei ihm.

Halb ausgezogen, hingestreckt auf den zum Liegen umgeklappten Sitz, hielt sie den Kopf in seinem Schoß vergraben, während er an ihrem Haar spielte. Die andere Hand, die mit den vier Fingern, steckte irgendwo in ihrem Schlüpfer. Tür zu!

Im Auditorium würde die Richterschaft sich gedulden müssen. Oder doch nicht?

Seehusen, der den Rückmarsch angetreten hatte, hörte hinter sich Schritte. Laufschritte. Dann eine Stimme, außer Atem, aber klar erkennbar:

“Herr Amtsgerichtsdirektor! Warten Sie! Was ist los?”

“Tut mir leid, Herr Katuszinski. Ich wollte Sie nicht stören.”

“Der letzte Abend. Sie verstehen ...” Der Staatsanwalt ordnete seine Kleidung.”Was ist los?”

“Dorfschröder sucht Sie überall. Das Podium fängt an.”

“Dorfschröder!” Katuszinski sprach das Wort aus wie eine Krankheit. “Nie kann er einen in Ruhe lassen! Glaubt er, man kann alles mit uns anstellen? Dreiteilt, vierteilt, fünfteilt Polen; meinetwegen. Nur eines dürft ihr nicht, niemals: uns bei der Liebe stören!”

“Tut mir leid”, wiederholte Seehusen. Dann kam ihm ein Gedanke: “Da Sie Dorfschröder erwähnen: Ist er auch dabeigewesen?”

“Wobei? Ich weiß nicht, wovon Sie reden.”

"Am Abend der Beerdigung. Als Sie an Piezonkas Wohnung waren ..."

"Ach, Sie wissen davon!? Davon auch ... Anerkennung! Sie hätten Detektiv werden sollen, nicht Dorfrichter."

"War Dorfschröder dabei oder nicht?"

"Dazu äußere ich mich nicht. Fragen Sie ihn selber."

"Dann hab' ich Sie falsch verstanden. Sagten Sie nicht ..."

"... daß ich zu allem stehe, was passiert ist, jawohl. Und dabei bleib' ich auch. Aber nur, was mich betrifft. Ich werde keinen anderen denunzieren, niemals!"

"Dann verraten Sie mir bitte, was Sie in der Wohnung wollten."

"Ich wollte nach dem Tagebuch sehen, ganz einfach."

"Sie waren dabei, einzubrechen ..."

"Kein Einbruch. Ich hatte einen Schlüssel. Das heißt eine Kopie davon. Ich weiß, in Ordnung war das nicht. Bitte, verstehen Sie mich. Ich wollte nicht, daß Grete kompromittiert wird ... daß die Notiz in falsche Hände kommt. Piezonka wußte von der Affäre."

Welche Affäre meinte Katuszinski?

Meinte er die Bettgeschichten, oder hatte es mit dem Prozeß zu tun?

Vermutlich wieder beides. Privates und Dienstliches miteinander zu verquicken schien eine Kunst zu sein, die der Pole ebenso beherrschte wie die Dorfschröders.

Statt die Akten in einer einzigen großen Sendung anzuliefern, hatte er Blatt für Blatt von Warschau nach Frankfurt gebracht und jedes Mal mit Grete das Wiedersehen gefeiert.

Und der nachgemachte Wohnungsschlüssel, woher hatte Katuszinski den?

Seehusen überlegte, ob es Zweck hatte, ihn danach zu fragen, als sein Begleiter plötzlich aufschrie und ihn mit einem Bodycheck vom Wege stieß.

Ein Motorrad jagte vorbei, eine schwere Maschine, die so nah herankam, daß sie Seehusen an der Aktentasche streifte. Er strauchelte, versuchte Halt zu finden bei dem Polen, doch vergeblich. Beide Männer gingen zu Boden.

Von dem Motorradfahrer war nichts mehr zu sehen.

“Verrückt geworden!” schrie Katuszinski, der sich als erster wieder aufgerappelt hatte. “Es sah aus, als wollte er Sie umfahren!”

“Oder einen Schreck einjagen.” Seehusen klopfte sich den Staub von der Hose. Bis auf einen Riß, knapp oberhalb des Knies, schien alles heil geblieben. ”Haben Sie das Kennzeichen gesehen?”

“Nicht das Kennzeichen. Er kam ohne Licht an. Doch der Helm ... kam mir bekannt vor. Die Schnörkel an der Seite, wie Geigenschlüssel.”

“Sind Sie sicher? Dann weiß ich, wer es war.”

“Pssst!” machte der Pole. “Kein Wort mehr. Sonst Laden zu, bevor Sie was heraushaben.”

13
Herzjagen

Am nächsten Morgen, im Schienenbus von Königstein nach Frankfurt, hatte Seehusen einen schweren Kopf.

Es war spät geworden nach dem Podiumsgespräch. Bei kühlem, frischem Bier hatten sie sich unten in der Klause getroffen, etwas abgerückt von den anderen. Es war viel geredet worden, und wie gewöhnlich hatte der große Dorfschröder das Wort geführt. Später war auch Grete hinzugekommen. Zur Abwechslung trug sie lachsrote Seidenhosen, unter denen sich mehr abzeichnete, als daß sie verhüllten. Katuszinski, neben ihr, hatte Mühe, die Hände bei sich zu behalten. Dauernd war er unterm Tisch zugange, diskret, so daß Dorfschröder davon ebensowenig bemerkt zu haben schien - oder hatte er nur so getan? - wie Fräulein Henselein, die still, beinahe versonnen, zu Jerzys linker Seite saß. Die Störung vorhin am Auto schien ihr nichts ausgemacht zu haben.

Und was war mit Windbusch?

Nichts. Oder nichts Genaues. Dorfschröder hatte beiläufig erwähnt, Windbusch sei bereits vor dem Abendessen abgefahren, wegen einer Verabredung in Frankfurt. Demnach konnte er der wilde Reiter auf dem Motorrad nicht gewesen sein. Seehusen hätte sich darüber gern mit Katuszinski verständigt, doch am Ende des Abends waren beide so betrunken gewesen, daß sie dauernd aneinander vorbeigeredet hatten ...

Um viertel nach elf, als Seehusen unter den großen Uhrzeigern zur Bahnhofshalle hinausging, klarte der Himmel auf, und die Sonne kam durch. Das Licht, seltsam weiß, zerfiel in ein gutes halbes Dutzend Strahlen, die sich wie Scheinwerfer auf einzelne Häuser richteten und ihnen etwas Kulissenartiges verliehen. Fensterscheiben blitzten auf, und die Fassaden hatten eine andere Farbe; frischer, leuchtender.

Der Gerichtsdirektor öffnete seinen Mantel. Ein Spaziergang würde seinem Kopf guttun. Er ging die Kaiserstraße hinunter, blieb hin und wieder vor einem Schaufenster stehen, um die Auslage zu betrachten, und bog schließlich am Theaterplatz nach rechts ab zur Untermainbrücke.

Das Hochwasser war über Nacht zurückgegangen. Es fuhren wieder Schiffe, schwarze Kähne mit flatternden Bettlaken an Deck, die zum Trocknen aufgehängt waren. Am Heck brodelte das Wasser auf, kackbraun.

Der Brummschädel war zwar weg, dafür aber tat ihm das Knie weh. Offensichtlich hatte es bei dem Sturz gestern abend doch etwas abbekommen.

Hoffentlich mußte er nicht damit zum Arzt.

Das hätte noch gefehlt: daß er jetzt ausfiele und sich hinlegen müßte, das Bein hoch, während Madame Seehusen auf dem Umzug sitzenblieb.

Mal sehen, ob sie Rat wußte. Die letzten Jahre seines Lebens hatte sich ihr Großvater, der Heide-Maler, auf Heilkunst verlegt. Reine Quacksalberei natürlich! Und doch war ein Mittel darunter, das sich bei allerlei Beschwerden bestens bewährt hatte.

"Sag mal", rief er, nachdem er die Wohnung am Deutschherrnufer erreicht hatte, "haben wir noch etwas von der Lüneburger Heil-Erde? Du weißt doch, das Zeug aus Torf und Schafsküttel, das mir letzten Winter so geholfen hat ..."

Keine Antwort. Bis auf ein Mauzen von Salomo, der aus der Küche angesprungen kam, um sich heftig an Seehusens Hosenbeinen zu reiben.

Wahrscheinlich war Madame Seehusen einkaufen oder in die Stadt gegangen. Allerdings mußte sie schon länger weg sein. Denn auch gegen neun Uhr, als er von Königstein aus versucht hatte, zu Hause anzurufen, hatte sich niemand gemeldet.

Na gut. Er würde sich an die Arbeit machen und die drei Ölschinken aufhängen. Anders gäbe seine Frau ja doch keine Ruhe.

Oder ob er erst ins Bad gehen, sich rasieren und Zähne putzen sollte? Mehr als eine Katzenwäsche war - so ohne jedes Waschzeug - heute morgen nicht möglich gewesen.

Aber zuallererst mußte Salomo etwas zu fressen haben. Das Tier führte sich auf, als hätte es seit Tagen nichts bekommen.

Was war das?

Ein Geräusch aus dem Wohnzimmer, als wäre etwas zu Boden gefallen.

Rasch stellte er den Napf ab und eilte nach nebenan.

Eine Frau, fremd und uralt, saß auf dem Kanapee. Sie hatte einen Mantel an, der viel zu groß war, mit einem Fuchsfell als Kragen, das penetrant nach Mottenkugeln roch. Ebenso zu groß war die Perücke, die ihr nach vorn in die Stirn gerutscht war, was der Person etwas Kämpferisch-Komisches verlieh, so daß Seehusen - nachdem er sich vom ersten Schreck erholt hatte - sich Mühe geben mußte, nicht zu lachen.

"Gestatten Sie", sagte er und trat einen Schritt vor, "darf ich fragen ..."

Als hätte sie der Schlag getroffen, schrie die Unbekannte auf und begann, erregt mit den Händen um sich zu schlagen, als ob er sie angegriffen hätte und sie sich wehren müßte. Dabei hatte ihr Gesicht etwas eigentümlich Starres, und soweit Seehusen die Augen erkennen konnte, hatte er den Eindruck, daß sie nicht ihn ansahen, sondern sich irgendwo im Nichts verloren.

In diesem Augenblick ertönte aus dem Flur eine Stimme: "Frau Bockenheimer! Was ist los? Beruhigen Sie sich doch! Warten Sie, ich komm' ja schon!"

Das Chaos war komplett. Seehusen wußte nicht, wo er sich zuerst hinwenden sollte: zu der Besucherin, die offensichtlich einen Anfall hatte, oder zu dem im langen offenen Trenchcoat hereinwehenden Mann, in dessen Gefolge eine weitere Person aufkreuzte, eine ältere, sehr resolute Dame, der er im Haus schon einmal begegnet war. So sehr beide sich bemühten, gelang es ihnen nicht, die Frau, die sie abwechselnd mit "Cäcilie" und "Frau Bockenheimer" ansprachen, zu beruhigen.

Bockenheimer?

Das war der Name, der an der Wohnungstür stand. Auf dem Schild, das Seehusen am Tag des Einzugs hatte entfernen wollen, wobei ihm dann der Schraubenzieher abgebrochen war. Und obwohl Madame Seehusen ihn zweimal gebeten hatte, endlich das Schild auszuwechseln, war er bisher nicht dazu gekommen.

"Da haben Sie es!" wandte sich der Mann an Seehusen. "Erregungssturm. Es bleibt nichts anderes übrig, als sie einzuweisen."

"Sie sind Arzt?"

"Nein, Anwalt. Gontard, Rechtsanwalt und Notar. Ich habe den Auftrag, Frau Bockenheimer zu betreuen. Ich muß die Rettungswache anrufen. Wo ist hier das Telefon?"

Bevor Gontard im Arbeitszimmer den Apparat erreicht hatte, segelten an seinem Kopf zwei Bücher vorbei, die Frau Bockenheimer nach ihm geworfen hatte. Dazu schrie sie etwas, das sich anhörte wie ein Name, wie "Anton, Anton!", und dann, mit einem Mal, sackten ihr die Beine weg. Begraben unter ihrem Mantel mit dem Fuchs, der die Läufe von sich streckte, lag sie im nächsten Augenblick auch schon am Boden.

Sofort war Seehusen bei ihr. Er wollte den Puls fühlen, wurde aber von der Nachbarin zurückgewiesen.

"Lassen Sie die Hände von der Frau! Erst rauben Sie ihr die Wohnung, dann spielen Sie den Samariter!"

"Rauben?" Er verstand nicht, was sie meinte. "Die Wohnung rauben!?"

"Dreißig Jahre hat Cäcilie hier gewohnt. Und dann ..."

Der Gerichtsdirektor traute seinen Ohren nicht. Das durfte doch nicht wahr sein! Er, der als Richter bereit gewesen war, bis an den Rand der Rechtsbeugung zu gehen, damit ein alter, kranker Mensch seine Wohnung behalten konnte, ausgerechnet er sollte diese Frau vertrieben haben!? Eine Wut stieg in ihm auf, wie er sie so an sich nicht kannte. Dann - es war nicht das erste Mal an diesem Tag - wurde ihm schwindelig, und um nicht hinzustürzen, setzte er sich schnell.

Vom Boden her, wo Frau Bockenheimer wieder zu sich kam, hörte man ein Wimmern.

Nebenan im Arbeitszimmer, zu dem beide Türflügel wie gewöhnlich offenstanden, legte Gontard den Hörer auf.

"Herr Rechtsanwalt!" Seehusens Stimme klang klein und angeschlagen. "Bitte, klären Sie mich auf. Was geht hier vor?"

"Aufklären!? Ich Sie aufklären?" Gontard war nicht unfreundlich, aber sehr bestimmt. "Wenn hier jemand etwas zu erklären hat, sind Sie es. Was haben Sie hier zu suchen, in Frau Bockenheimers Wohnung?"

"Herr Rechtsanwalt, ich bitte Sie!" Seehusen nahm seine ganze Kraft zusammen. "Dasselbe frag' ich Sie. Wie kommen Sie in meine Wohnung? Und wo ist meine Frau?"

So ging das eine Weile hin und her, und erst nachdem die Sanitäter erschienen und mit Frau Bockenheimer im Rettungswagen abgefahren waren, nachdem auch die Nachbarin in ihre Wohnung zurückgekehrt war, fanden die beiden Männer zu einem ruhigeren, sachlichen Ton, so wie man es von zwei Rechtskundigen erwarten durfte, die zunächst nur den Sachverhalt klären wollten.

Es war ein starkes Stück, ein Fall, wie er selbst Marten bisher nicht untergekommen war, der kurz darauf erschien, um - wie verabredet - zusammen mit Seehusen endlich das Kanapee in den Keller zu transportieren.

Seehusen dachte an die Maklerin - erzählte davon aber nichts -, wie sie die fünftausend Mark Handgeld eingestrichen und dann ihren kurzen Lederrock angehoben hatte, damit auch er auf seine Kosten kommen sollte. Klar hätte er Zweifel am Vertrag haben müssen. Hinterher war man klüger. Hier aber war mehr gelaufen, hier war etwas neu vermietet worden, was man nicht vermieten konnte, weil es noch vermietet war.

Was war geschehen?

Gontard faßte den Sachverhalt zusammen, wozu der

Oberstaatsanwalt bedenklich mit dem Kopf nickte und sich ein paar Notizen machte:

Bis vor einigen Wochen hatte Cäcilie Bockenheimer, geborene Wolf, in dem Haus gewohnt. Sie war zuletzt etwas sonderbar gewesen, und nachdem man sie morgens früh am Main aufgefunden hatte, barfuß und im Nachthemd, war der Amtsarzt gerufen worden und hatte sie - gegen ihren Willen - in der Psychiatrie untergebracht. Gontard hatte sich des Falles angenommen: Um der Frau die Wohnung zu erhalten, hatte er die Miete weiter überwiesen, hatte Strom und Wasser gezahlt und war heut morgen nach Köppern in die Klinik gefahren, um sie abzuholen und nach Haus zu bringen, für einen Tag, probehalber. Und als Frau Bockenheimer aufgeschlossen hatte, war nur noch das Kanapee dagewesen. Die anderen Möbel standen irgendwo herum am Osthafen, bei einer Spedition auf Lager, für fünf Mark pro Tag.

"Verstehen Sie", sagte Gontard, der sich unter den Nachbarn umgehört hatte. "Während meine Mandantin in der Klinik war, ist das Haus verkauft worden. Und der neue Eigentümer ...", dessen Namen der Anwalt nicht kannte, war sogleich zur Tat geschritten, um Frau Bockenheimer, so hieß das in Frankfurt, zu entmieten.

Seehusen war ratlos. Wie ging das jetzt weiter? Was war mit seiner Wohnung?

Seiner Wohnung?

Cäcilie Bockenheimer hatte die älteren Rechte, einerseits. Andererseits war er nun mal der Besitzer, und zwar, Röckchen hoch, Röckchen runter, rechtmäßig.

Oh je, das war juristisch eine harte Nuß!

Und dann die Frage, die ihn noch viel mehr beschäftigte: Wie sollte er das alles seiner Frau erklären? Ohne daß sie gleich in Panik verfiel und auf der Stelle alles wieder einpacken wollte, um zurückzukehren in das noch warme Nest im Norddeutschen?

Mein Gott, was war er für ein Esel!

Warum konnte er nicht den - so hieß das doch - Lebensabend genießen, so wie andere auch? Sich zum Frühstück ohne Hetze die Zeitung vornehmen; danach zwei Stunden im Garten Rosen schneiden, Kirschen ernten, je nachdem; mittags das Schläfchen zur Verdauung; vor dem Abendbrot noch mal ins Städtchen, um zu schauen, was die Leute trieben; etwas Fernsehen, ein Schoppen Wein; hin und wieder mit Madame in die Oper; und um Mitternacht, falls Madame zum Lüften nicht das Fenster aufgerissen hätte, so daß einem alles einfror, etwas körperliche Liebe. Aber kurz. Das alles hätte er doch haben können, bequem und leicht, so wie es einem zustand, wenn man sich die Jahre hindurch abgerackert hatte und nun ein bißchen müde war, ein bißchen langsamer als früher und auch ein bißchen traurig, weil man an das Ende dachte. Doch er, der alte Nörgelfritze, der keine Ruhe gab, der alles auf den Kopf stellte, hatte so getan, als wäre er gerade mal dreißig Jahre alt, als wollte er sein Leben erst beginnen ...

Das Telefon hatte geklingelt; Gontard ging dran, wohl in der Annahme, es sei für ihn. Es war aber für Seehusen. Eilig begab er sich ins Arbeitszimmer. Er hoffte, daß es seine Frau sei, und da er nicht gestört sein wollte, schloß er hinter sich die Tür. Er nahm den Hörer ab, rief noch "Da bist du ja, endlich!" - was man eben so sagt, wenn man einen langerwarteten Anruf erhält - und bekam zur Antwort eine Nachricht, die ihn förmlich umwarf. Sein Herz begann zu jagen, das Zimmer drehte sich, und er sackte mit dem Kopf vornüber auf die Schreibtischplatte.

"Mensch, Rudolf!" rief Marten, als er kurz darauf - Gontard hatte sich gerade verabschiedet - die Tür öffnete. "Warte, ich hol' dir ein Glas Wasser!"

Der Gerichtsdirektor brauchte eine Weile, bis er sich berappelt hatte. Er nahm den Hörer, den er die ganze Zeit in der Hand behalten hatte, und legte ihn zurück auf die Gabel. Sein Mund war völlig ausgetrocknet.

"Jetzt rede endlich! Sag mir, was passiert ist! Wer hat angerufen? Es ist doch nichts mit deiner Frau?"

Doch, es war etwas mit seiner Frau. Ihr war etwas zugestoßen, Madame Seehusen war - Marten schlug sich an die Stirn - entführt worden.

"Entführt!? Du meinst wohl verführt? Rudolf, wenn du nicht so weiß wärst wie die Wand, würd' ich sagen, du machst Witze. Entführt! Wer soll deine Frau entführt haben!? Komm, jetzt nimm dich zusammen. Und dann rede endlich. Hast du mit ihr gesprochen?"

Seehusen nahm noch einen Schluck Wasser. Langsam, so als müßte er gegen die Lähmung ankämpfen, Silbe für Silbe, begann er zu sprechen:

"Sie sagt, es geht ihr gut. Ich soll mir keine Sorgen machen. Und tun, was sie von mir verlangen."

"Und das wäre?" Marten ging das alles viel zu schleppend; er spürte die Gefahr, und er war gewohnt, schnell zu handeln.

"Was verlangen sie von dir?"

"Ich soll eine Erklärung abgeben. Ich soll bis morgen 12 Uhr öffentlich erklären, daß der Fall Piezonka abgeschlossen ist und ich nicht weiter mehr ermittle. Daß ich an Piezonkas Selbstmord keinen Zweifel habe und daß ein Tagebuch offensichtlich niemals existiert hat."

"Und deine Frau?"

“Wird freigelassen, sobald ich die Erklärung abgegeben habe.”

“Und wenn nicht? Wenn du die Erklärung nicht abgibst ...”

“Kann ich im Main nach ihrer Leiche fischen gehen.”

Seehusen fiel zurück in dumpfes Schweigen, und auch Marten sagte nichts. Nur Salomo, der hoch oben im Regal einen schönen Platz gefunden hatte, von dem er alles übersehen konnte, schnurrte vernehmbar, so als hätte alles seine Ordnung.

“Tun wir etwas”, drängte der Oberstaatsanwalt. “Ich ruf’ bei der Kripo an. Der Kollege ist ein Spezialist, der hat schon ganz andere Fälle gelöst. Ich weiß nicht, ob du dich erinnerst ...”

“Keine Polizei. Bitte.”

“Die haben jetzt auch technisch Möglichkeiten ... du glaubst es nicht. Geräte, die entzerren jede Stimme, so entstellt sie auch sei. Und Fangschaltungen, die halten alles fest. Während der Erpresser noch die Bedingungen aushandelt, steht hinter ihm am Telefon die Polizei.”

“Du hast mich nicht verstanden.” Seehusen wiederholte sich. “Ich sagte doch, keine Polizei. Ich will meine Frau wiederhaben ... lebend.”

“Genau das wollen wir auch”, sagte Marten. Und nach einer Pause: “Ich weiß nicht, was du von mir denkst, Rudolf.” Es klang, als wäre er beleidigt.

“Ich denke, daß ich allein entscheiden muß.” Allmählich löste sich die Lähmung, die Seehusen befallen hatte. “Und du mußt mir dabei helfen. Nenn mir einen Reporter, an den ich mich wenden kann, damit die Sache morgen in die Zeitung kommt.”

“Okay.” Marten wußte, was er dem Freund schuldig

war. "Nur eines mußt du mir versprechen: Sobald Madame zurück ist, überläßt du mir den Fall. Weißt du, wer Menschen raubt, ist zu allem fähig."

14

Seehusen live

"Beeilen wir uns!" rief Marten und klimperte mit den Autoschlüsseln. "Sonst sind die Reporter fort, wenn wir ins Gericht kommen."

Der Oberstaatsanwalt kannte die Journaille: Hatten die bunten Vögel, die von neun Uhr früh an durch die Säle zogen, sich einen Fall herausgepickt, flogen sie aus, und die Pressezimmer im Landgericht waren verwaist für den Rest des Tages.

Sein Wagen stand mal wieder im Parkverbot. Es war ein dunkelgrauer Audi. Er sah aus wie ein in die Jahre gekommener Dienstwagen, der kaum benutzt worden war und - nur der Rechnungshof wußte, warum - bloß herumgestanden hatte. Marten selber wartete und pflegte ihn. Fünfmal hatte er sein Auto anstandslos durch den TÜV gebracht. Und mit Strafzetteln brauchte er sich nicht herumzuärgern. Dagegen schützte ihn ein vom reichlichen Gebrauch bereits gelb gewordenes Blatt Papier hinter der Windschutzscheibe, versehen mit Behördenstempel und der Aufschrift:

STAATSANWALT IM EINSATZ

Die Uhr am Kaiserdom zeigte halb drei, als der Audi vom Deutschherrnufer abbog und auf die Alte Brücke fuhr, wo es einen Stau gab.

Überall stand Polizei herum; Mannschaftswagen, auch ein Wasserwerfer, aus dem es unten permanent heraustropfte. Weiter vorn, zur Schönen Aussicht hin, am anderen Ufer, bewegte sich ein Zug von Demonstranten.

"So ein Mist!" Marten kurbelte das Fenster wieder hoch. "Wenn wir Pech haben, gibt es Krawall. Dann sitzen wir zwei Stunden hier."

Seehusen hatte andere Sorgen. Er versuchte sich an Einzelheiten des Telefongesprächs zu erinnern.

Was genau hatte seine Frau gesagt, wie hatte ihre Stimme geklungen? War da nichts gewesen, nichts zwischen den Worten, kein Zeichen, keine Botschaft, etwas, das er in der Aufregung überhört haben mochte?

Der Oberstaatsanwalt hatte denselben Gedanken. Allerdings galt sein Interesse dem Erpresser. "Ist dir gar nichts aufgefallen? Ich meine, seine Stimme. Wie war sie? Voll und tief, hart oder weich? Oder hat er sie verstellt? Dialekt, Sprachfehler, besondere Ausdrucksweise? Ich meine, Rudolf, dir müßte doch etwas aufgefallen sein."

Ja, doch. Etwas war ihm aufgefallen, etwas an der Art der Ansprache, so ohne jede Umschweife, man hätte sagen können, zackig. Aber Seehusen wollte nicht darüber reden. Nicht jetzt, nicht bevor seine Frau wieder in Sicherheit war.

Marten trommelte mit den Fingern auf dem Lenkrad herum. Im Bus vor ihnen öffneten sich die Türen, Leute stiegen aus, setzten ihren Weg zu Fuß fort. Dann ging es ein Stück weiter, und nach einer längeren Pause, in der beide vor sich hin schwiegen, sagte der Oberstaatsanwalt: "Wenn du glaubst, ich könnte Privates nicht von Dienstlichem getrennt halten, bist du auf dem Holzweg. Aber gut, ich akzeptiere es. Eine Geisel zu befreien ist nun mal ein Drahtseilakt: Jeder, der beteiligt ist, muß ganz sicher sein, denn wenn einer wackelt, stürzen alle ab. Nur, was ich überhaupt nicht verstehen kann ist das Motiv. Wozu das Ganze? Wer hat davon den Nutzen? Außer den Dorfschröders fällt mir niemand ein. Und anzunehmen, daß sie hinter der Erpressung stehen, wäre doch absurd. Wozu auch? Wenn ich die Erklärung richtig verstehe, besagt sie nichts anderes, als daß du zum selben Ergebnis gekommen bist wie wir, also kein Fremdverschulden. Und angenommen, Grete wär' der Meinung, es könnte ihr helfen, wenn du das auch öffentlich erklärtest, hätte sie dich doch einfach darum bitten können, oder?"

Der gute alte Marten!

Phantasie und Kombination waren nie seine Stärke gewesen. Und so sollte er aus allen Wolken fallen, als Seehusen sich entschloß, den Aufenthalt im Stau zu nutzen und den Stand seiner Ermittlung zu schildern. Wenn auch nur in groben Zügen, denn zu mehr fühlte er sich jetzt nicht in der Lage.

Marten schien zu begreifen: "Das heißt, du bist dir zwar nicht sicher, doch ist es mehr als nur eine Vermutung. Anders ausgedrückt, du bist auf einer heißen Spur, und von der will man dich abbringen." Jetzt hatte er kapiert. "Und indem du die Erklärung abgibst, sollst du dich öffentlich festlegen, daß an dem Verdacht nichts dran ist. Richtig?"

"Richtig."

"Dann seh' ich ein Problem."

Marten überlegte: Ausgerechnet den Reporter, dem er am meisten vertraute, sollte er auf eine falsche Fährte locken und ihm die Erklärung andrehen!

Unmöglich.

Andererseits lag hier eine Notlage vor, galt ein anderer Maßstab. Das würde auch der Zeitungsmann nicht anders sehen, vorausgesetzt, man hätte ihm den Hintergrund erklären können, was aber leider nicht möglich schien.

Scheißspiel.

Und wenn er sich nun an die Konkurrenz wandte, an den Reporter mit dem langen roten Schal, der die Hälfte des Jahres über erkältet war und ständig weiterrauchte?

Auch nicht möglich.

Ätzend in seinem Mißtrauen, würde dieser Typ sich mit der Erklärung nicht einfach zufriedengeben und eine Frage nach der anderen stellen, bis sein Mißtrauen sich - in diesem Fall und ausnahmsweise! - bestätigt hätte.

Also, was tun?

Eine Anzeige in die Zeitung setzen?

Das würde der Erpresser nicht akzeptieren. Und außerdem war es viel zu spät dafür, jedenfalls wenn es in der Ausgabe morgen früh erscheinen sollte.

"An was denkst du?" fragte Seehusen.

"Siehst du den Gockel dort?" Marten deutete mit dem Kopf hin zum Ende der Brücke. "Ja, ich meine den Hahn, oben an dem Kreuz, ganz in Gold. Weißt du, an was er erinnern soll? An einen Pakt mit dem Teufel. Den hatte der Baumeister geschlossen. Er war in Verzug geraten, und der Teufel war bereit, über Nacht die Brücke fertigzustellen. Aber nur, wenn das erste Lebewesen, das darüberging, ihm gehören würde. Na ja, der nächste Morgen kam, und der Baumeister, nicht dumm ..."

"... schickte ihm den Gockel."

"Ach, du kennst die Geschichte?"

Ja, Seehusen kannte die Geschichte, sie stand in jedem Reiseführer. Hoffentlich hatte Marten - diese Frohnatur! -

ein Erbarmen und kam ihm zum Ersatz nicht mit einer anderen Anekdote ...

Am Börneplatz, wo sich der Verkehr aus dem Süden mit der West-Ost-Achse kreuzte, ging überhaupt nichts mehr. Demonstranten waren damit beschäftigt, ein Plakat aufzuhängen:

NAZI-MORDE

IHR, DIE IHR NICHT FÄHIG WART ZU TRAUERN,
SEHT NICHT,
DAß SIE SCHON WIEDER MORDEN!?

"Ach", rief Marten, "schau an. Da ist ja auch Babette. Die kleine Schwarze in dem roten Jäckchen, ja, die mit dem Mikrophon. Warte mal, mir kommt eine Idee. Mann, daran hätte ich früher denken können ..."

Er lenkte den Wagen aus der Kolonne, fuhr ins nächste Halteverbot und legte seinen Ausweis zurecht.

"Was hast du vor?"

"Das wirst du gleich sehen. Steig aus und komm mit."

Er schob sich durch die Menge, die sich am Börneplatz versammelt hatte. Seehusen hatte Mühe, Schritt zu halten. Das Knie machte ihm zu schaffen, und sein Kopf fühlte sich an, als ob er Fieber hatte.

Wie grau der Himmel wieder war, wie zugeschmiert mit Beton. Babette, inmitten der Demonstranten, schwenkte das Mikrophon herum zu einem weiteren Interview.

Unter ihrem scharf auf Taille geschnittenen Jäckchen trug sie nur einen dünnen Pullover. Mit ihrer jungenhaften Figur, an der kaum etwas Rundes zu entdecken war, paßte sie gut in die Szene. So gewandt, wie sie auftrat, brachte sie Befürworter der Aktion ebenso zum Reden wie deren Gegner, ohne daß auf der Stelle eine Straßenschlacht losbrach.

War das die Frau, mit der Piezonka sich hatte treffen wollen? Zumindest hatte Elsie doch von einer Babette gesprochen, die sie bei der Beerdigung angesprochen hatte.

"Weiß nicht", sagte Marten. "Interessiert mich jetzt auch nicht."

Wie immer, wenn er im Streß war und schnell etwas hinter sich bringen wollte, war er unwirsch und wollte nicht gestört sein. Ein-, zweimal schon hatte er versucht, sich bei Babette bemerkbar zu machen, doch erst jetzt, gegen Ende der Umfrage, wandte sie sich ihm zu.

"Und bevor ich zurückgebe ins Funkhaus, ein Blick ins Auge des Gesetzes. Herr Oberstaatsanwalt, Ihr Kommentar?"

Sie richtete das Mikrophon auf ihn wie eine Pistole.

Und als hätte er die Frage erwartet, erwiderte Marten, geistesgegenwärtig und laut und deutlich, so daß man sich nach ihm umsah: "Solange wir wachsam sind, ist mir nicht bange!" Und mehr für sich, halb im Dialekt, fügte er hinzu: "Aber wirklich nicht."

Ein gelungener Abschluß. Babette strahlte. Um ihre Augen sah man viele kleine Falten, die verrieten, daß sie deutlich älter war, als es ihr outfit - immer easy! - ahnen ließ.

"War das live?" wollte Marten wissen.

"Nicht ganz. Wir bringen es etwas zeitversetzt. In etwa zehn Minuten, direkt vom Ü-Wagen."

"Babette, darf ich Ihnen vorstellen: Rudolf Seehusen, Gerichtsdirektor im Ruhestand, ein alter Freund und Kollege. Und von uns beauftragt - inoffiziell, versteht sich - mit der Untersuchung im Fall Piezonka."

Die Reporterin merkte auf. "Gibt es etwas Neues?"

"Herr Seehusen möchte eine Erklärung abgeben. Nur ganz kurz. Am besten gleich, am besten live. Sie werden überrascht sein ..."

Überrascht?

Das sowieso.

Reporter handelten mit Neuigkeiten, und je überraschender sie waren, um so besser.

Überraschend für Babette - und das hieß: ärgerlich - war nur, daß dem Gerichtsdirektor, nachdem er die Erklärung abgegeben hatte, kein Wort mehr zu entlocken war.

Und das, obwohl sie es geschafft hatte, zusätzlich noch einsdreißig Sendezeit herauszuschinden.

Marten redete dafür um so mehr - "Sie gestatten, wenn ich mich hier einschalte" -, bat vielmals um Verständnis, sprach wortreich von Feinabstimmung, die noch vorzunehmen sei, um dann Ende dieser Woche, und zwar gemeinsam, den Abschlußbericht vorzulegen - "wozu ich Sie schon jetzt herzlich einlade."

Seehusen, der beim Verlassen des Ü-Wagens mit dem Mantel an der Tür hängenblieb, worauf die linke Tasche in Fetzen ging, war das alles ziemlich gleichgültig gewesen.

Wichtig war allein, daß die Erpresser seine Frau freigaben; danach würde man weitersehen.

Hoffentlich kamen sie ihm nicht mit neuen Bedingungen; verlangten, daß die Erklärung schwarz auf weiß gedruckt erschien, in allen großen Zeitungen.

Marten war bemüht, ihn zu beruhigen.

"Babette ist nicht irgend so eine Plaudertasche", sagte er.

Das sollte heißen, daß alle ihre Beiträge von der Nachrichtenagentur mitgeschnitten, zur Meldung umgeschrieben und innerhalb der nächsten Stunde an die Zeitungen getickert wurden, die dann ihrerseits etwas daraus machten.

Seehusen war erschöpft, leer, enttäuscht. Er mochte sie nicht mehr, die Stadt. Zu viel, zu groß, zu anstrengend. Er wollte heim, nichts mehr hören und sehen, die Decke über den Kopf ziehen und schlafen. Schlafen und nicht eher aufwachen, bis alles wieder gut war.

Am Ende seiner Kräfte fragte er: "Kann ich noch etwas tun?"

"Ja, du kannst etwas tun", sagte Marten. "Stell schon mal Champagner kalt. Und dann mach ein anderes Gesicht. Sonst kehrt Madame auf der Stelle um und will zurück zu den Entführern. So, und jetzt beeil dich bitte, Rudolf, bei mir im Amt türmen sich die Akten!"

15

Frei Haus

Von wegen, Decke über den Kopf ziehen und die Augen erst wieder öffnen, wenn alles gut war!

In der Nacht, die folgte, fand Seehusen keine Ruhe. Nachdem er daheim - warum nicht gleich? - das Namensschild von Frau Bockenheimer ab- und seins drangeschraubt hatte, wanderte er durch die Wohnung, im Hausmantel, an der Pfeife kauend, verfolgt von Salomos Blick. Es war immer dieselbe Tour, so regelmäßig, daß Salomo darüber einnickte, Seehusen sich hingegen wie getrieben fühlte: vom Schreibtisch hinüber zum Wohnzimmer, Kehrtwende beim Klavier, und zurück durch den Salon ins Arbeitszimmer. Zwischendurch, so gegen sieben Uhr, mußte er ein paar Mal an die Tür, weil es geklingelt hatte.

Es waren Taxifahrer, die sich meldeten und die recht grob werden konnten, wenn er ihnen sagte: "... ein Mißverständnis! Nein, ich brauch' kein Taxi! Weder hab' ich eins bestellt noch jemand darum gebeten. Glauben Sie mir!"

"Na, dann können Sie sich auf was gefaßt machen", sagte der dritte und vorerst letzte Fahrer, nachdem sein Ärger sich gelegt hatte. "Haben Sie Feinde? Überlegen Sie mal. Es sind oft ganze Gruppen, die dahinterstecken; die wollen Sie fertigmachen ..."

Wieder nahm Seehusen seine Runde auf, blieb hin und wieder am Schreibtisch stehen und machte sich eine Notiz.

Wann genau hatte er seine Frau zuletzt gesehen?

Am Dienstag, gegen 18 Uhr, auf dem Parkplatz vor dem Richter-Club.

Und wie war sie gekleidet?

Sie hatte den grünen Faltenrock angehabt und dazu eine weiße Bluse. Oder war es ein heller Rock gewesen und dazu der grünliche Pullover?

Er konnte sich nicht erinnern, nicht daran.

Etwas anderes fiel ihm ein, ihre Schuhe. Mal wieder war es ihm nicht gelungen, sie davon abzubringen, zum Wandern Pumps anzuziehen, angeblich ihr bequemstes Paar, original italienisch und zweifarbig, das heißt - schwer zu beschreiben -, jeder Schuh war zur einen Hälfte weiß, zur anderen schwarz, also: der Länge nach, also: innen schwarz, außen weiß, was komisch aussah beim Laufen, als hätte sie nicht zwei Füße, sondern vier.

Er öffnete die Tür zum Schlafzimmer. Das Bett, jedenfalls auf ihrer Seite, war nicht gemacht. Darunter, schön ordentlich nebeneinander, standen die Schuhe. Und der grüne Faltenrock hing über der Stuhllehne.

Seehusen war jetzt hellwach. Wann hatte die Entführung stattgefunden?

Fest stand, daß es nicht schon gestern abend bei der Rückfahrt passiert war. Madame Seehusen war zu Hause angekommen, hatte sich ausgekleidet und zum Schlafen hingelegt.

Und dann ...?

Der Reihe nach, nichts überstürzen. Genau beobachten und dann kombinieren.

Sein Blick fiel auf den Wecker. Er seufzte. Dieses neue Ding, mit Ein- und Ausschaltautomatik, war zu kompliziert, als daß er damit umgehen konnte. Wenn es noch der gute alte Wecker gewesen wäre, mit Glocke und Klöppel, hätte er - vielleicht - einen Hinweis finden können. Angenommen, der Wecker hätte auf sieben Uhr gestanden, wäre nicht durchgerasselt sondern abgestellt worden: dann wäre anzunehmen gewesen, daß Madame um diese Zeit auch im Hause war.

Seehusen hatte eine andere Idee. Er ging ins Badezimmer und sah nach den Handtüchern. Sie waren noch feucht. Also hatte sie, wie an jedem Morgen, bevor sie den Kaffee aufsetzte und Frühstück machte, zuerst geduscht.

Sein nächster Gang führte in die Küche. Nichts. Keine Spur von Frühstück, kein Geschirr, das benutzt worden wäre. Auch kein Stück Brot im Haus. Und zu alledem, sehr aufschlußreich, war der Einkaufskorb verschwunden.

Klar, dann mußte es heut früh passiert sein, auf dem Weg zum oder vom Bäcker. Aber wie?

Je länger Seehusen darüber nachdachte, je konkreter er sich alles vorstellte, um so unwahrscheinlicher erschien ihm das Ganze.

Wieder hatte es geklingelt. Zuerst wollte er nicht an die Tür gehen, besann sich dann aber anders und öffnete.

Nein, es war nicht seine Frau. Es war Elsie.

"Bitte", sagte er und wußte nicht, ob er sich nun freuen sollte, "kommen Sie herein. Mit Ihnen hätt' ich nicht gerechnet."

"Nein, danke!" sagte Elsie kühl. "Ich warte lieber draußen."

Er blickte auf, glaubte sich verhört zu haben.

Was war denn nun wieder los?

Steif und förmlich, was unterstrichen wurde von der dunkelblauen Lufthansa-Montur, die sie anhatte, stand Elsie da, trotzig, mit einem deutlichen Vorwurf im Gesicht. Ohne ihn anzusehen, sagte sie: "Ich muß Sie bitten, mir etwas zurückzugeben."

"Etwas zurückgeben?"

"Den Kalender. Piezonkas Taschenkalender. Mit den beiden Einträgen, Sie wissen schon. Ich möchte nicht, daß er verschwindet. Und es dann heißt ..." - der Spott in ihrer Stimme war nicht zu überhören - "... es habe den Kalender nie gegeben."

Ach, von daher kam der Wind; deshalb war sie so verändert.

Sie hatte im Radio die Erklärung gehört und war nun - verständlich! - völlig irritiert.

"Babette hat mich angerufen. Sie fühlt sich - entschuldigen Sie den Ausdruck - verarscht. Und ich fühl' mich genauso. Was haben Sie sich dabei gedacht!"

Es sah aus, als würde sie im nächsten Augenblick mit dem Fuß aufstampfen.

"Soll das Ihr Ernst sein?!"

"Nicht so laut", zischte er dazwischen. "Sie wecken ja das halbe Haus auf. Und dann beruhigen Sie sich. Ich werd' Ihnen alles erklären. Nur nicht hier, nicht im Treppenhaus."

Sie sah ihn prüfend an, von oben bis unten, unentschlossen, ob sie ihm noch mal Bewährung geben sollte. Endlich sagte sie: "Na gut. Aber machen Sie es kurz. Ich müßte längst am Flugplatz sein."

Elsie setzte das Gepäck ab, und als er sie ins Arbeitszimmer bat, wehte ihn eine angenehmer Duft an, so als käm' die Frau geradewegs aus dem Meer und nicht bloß aus dem Schaumbad.

"Ihre Frau ist nicht da?"

"Nein", sagte er. "Leider."

Sie runzelte die Stirn, als müßte sie über seine Antwort erst nachdenken.

"Ihr Bruder ... er ist plötzlich krank geworden. Herzinfarkt. Sie hat vor, die Nacht bei ihm in der Klinik zu verbringen."

Nicht nur, daß er recht passabel lügen konnte - jedenfalls für einen Richter -, es tat ihm auch noch gut. Denn was war ein Herzinfarkt, wenn man ihn überstand, wie vor zehn Jahren der Schwager, gegen die Gefahr, in der jetzt seine Frau schwebte?

"Sie fürchten, daß er sterben wird?"

"Man muß mit allem rechnen", sagte er ungerührt.

"Vorgestern, als wir beisammensaßen, hatten Sie eine heiße Spur. Jetzt auf einmal soll nichts gewesen sein?"

"Warten Sie es ab", murmelte er. "Ich möchte wissen, wo der Kalender hingekommen ist. Er war zuletzt in meiner Aktentasche."

"Abwarten! Seit mehr als zwei Wochen versuche ich herauszufinden, was mit Piezonka passiert ist. Und je mehr ich mich umhöre, je länger ich darüber nachdenke, um so weniger kann ich glauben, daß er sich umgebracht hat. Es ist wie verhext. Niemand will davon etwas wissen. Als hätten sich alle verschworen. Und nun erfahr' ich von Babette - ich hab' die Sendung selber nicht gehört -, daß Sie in dasselbe Horn stoßen. Und noch dazu behaupten, es hätte dieses Tagebuch nicht gegeben. Dabei hab' ich es doch selbst gesehen!"

"Ich weiß."

"Und dann erzählen Sie solche Märchen! Warum?"

"Möchten Sie etwas trinken?"

“Ich möchte, daß Sie meine Frage beantworten.”

“Fräulein Bernhardi ...”

Eben hatte der Gerichtsdirektor weiter ausholen wollen, wollte sich - was blieb ihm anderes übrig? - ins Gleichnis retten, hätte wohl gesagt, daß im Märchen allemal die höhere, größere Wahrheit sei oder so etwas ähnliches, wenn er nicht diesem Augenblick abgelenkt worden wäre. Wieder hatte es geklingelt.

“Tschuldigung”, sagte er. “Bin gleich wieder bei Ihnen.”

Diesmal war es ein Präsentkorb, der angekommen war. Ein schöner großer Korb, randvoll mit Delikatessen, dazu zwei Flaschen Champagner und die Rechnung, ausgestellt auf “Herrn Gerichtsdirektor i. R. Rudolf Seehusen ... gemäß Ihrer telefonischen Bestellung ... DM 390,55 inkl. MWSt zahlbar innerhalb von zehn Tagen ... mit freundlichen Grüßen und guten Appetit Ihr Feinkost-Berber”.

Noch so ein übler Scherz, von derselben Sorte wie die nichtbestellten Taxis.

Wohin jetzt mit dem Korb? In die Küche, ins Badezimmer? Möglichst schnell verschwinden lassen, damit Elsie ihn nicht sah. Das wäre für sie nur der Beweis gewesen, daß er, ja, auch er, käuflich sei, ein dicker kleiner Justizrat vom Land, bei dem man sich mit Wurst und Schinken bedankte.

Es war zu spät. Salomo, vom Knistern des Zellophanpapiers neugierig geworden, kam um die Ecke, und hinter ihm kam Elsie.

“Oh, Sie haben Grund zum Feiern. Dann werd’ ich Sie nicht weiter stören. Wenn Sie mir jetzt den Kalender gäben ...”

“Fräulein Bernhardi ...”

“Den Kalender. Bitte.”

"So lassen Sie mich doch erklären ..."

"Herr Amtsgerichtsdirektor!" Elsie blieb ganz ruhig und sprach mit großem Ernst. "Ich weiß, Sie stehen auf der anderen Seite, bei Marten, ihrem Freund, und bei den Dorfschröders. Und dabei dachten wir, Babette und ich, wir könnten uns auf Sie verlassen. Wir haben uns getäuscht, schade. Trotzdem geben wir nicht auf, Babette und ich suchen weiter. Und nun, zum allerletzten Mal: Geben Sie mir den Kalender wieder."

Seehusen stellte den Präsentkorb weg, so daß Salomo nicht an ihn herankam. Er überlegte. Wenn der Kalender nicht in der Aktentasche war, mußte er - und so war es auch - in seinem Jackett stecken.

Ob er sich einen Ruck geben und versuchen sollte, ihr alles, aber wirklich alles zu erklären?

"Hören Sie, Fräulein Bernhardi, wenn ich vorhin gesagt habe, daß meine Frau ..."

Elsie schnitt ihm das Wort ab, kühl und geschäftsmäßig: "Bitte! Ich möchte nicht mit Ihnen reden. Nicht mehr."

Und mit einem Griff, der schnell und scharf war wie ein Biß, riß sie den Kalender an sich, steckte ihn in das Seitenfach des Flugkoffers und wandte sich zum Gehen.

Aus dem Treppenhaus drangen Stimmen herauf. Und Schritte, klein und schnell, die näher kamen.

Und dann - Seehusen war inzwischen an der Tür - hatte er sie auch schon am Hals: zwei kleine Filipinas, kurzberockt und etwas krummbeinig, die sich flink, ohne Rücksicht auf die noch anwesende Dame, an seinem Hosenladen zu schaffen machten, dazu lächelten und immer nur dasselbe zum Ausdruck brachten: "Ficken, du viel ficken!"

“Ach, so ist das!” rief Elsie aus. “Liebe frei Haus, als Doppelsparpack. So ist das mit Ihnen. Ich hätte es mir denken können. Wer so heilig scheint wie Sie, so gerecht und hehr, braucht natürlich etwas, um die Sau hinauszulassen. Also, Herr Gerichtsdirektor, arrivederci und hinein ins Vergnügen! Aber schützen Sie sich, egal, was die Mädchen Ihnen erzählen. Ich meine, das wären Sie Ihrer Frau schuldig, oder?”

Dann ergriff sie den Gepäckroller, und mit einem Blick auf Seehusen, der voll Verachtung war, zog sie polternd damit ab.

16

Coipax

Wie an jedem Donnerstag staute sich am Deutschherrnufer der Verkehr.

Gegen zehn Uhr - Seehusen schlief noch - war der Müllwagen vorgefahren. Die drei Männer an den Tonnen beeilten sich wohl auch, doch bis das Zeug entleert war, bis im Slalom rückwärts die Tonnen wieder an ihrem Platz waren, brauchte es seine Zeit. Weit zurück, bis an die Eisenbahnbrücke, die im Osten über den Main führte, standen die Autos. Und jeder Fahrer, hatte er das Stau-Ende erreicht, hupte erst einmal, zum Zeichen der Erleichterung oder des Verdrusses.

Während am Müllwagen die beiden älteren - um nicht zu sagen: alten - Griechen sich nicht darum scherten, hatte der jüngere, den sie Archimedes riefen, kein so dickes Fell.

Aufgebracht schlug er sich ein paamal mit dem Handschuh flach an die Stirn, streckte die Zunge heraus, und dann war es passiert.

“Scheiß Kanaken, macht euch heim!” dröhnte ein Kurierfahrer aus den neuen Ostgebieten, lehnte sich weit aus dem Fenster seiner Rostlaube und hörte nicht auf, herumzupöbeln. “Könnt ihr euren Dreck nicht nachts wegmachen!?”

Worauf Archimedes, den Müllhandschuh zur Faust gereckt, zurückfeuerte: “Halt dein Maul, Stasi-Schwein!”

Und eh' der Ossi sich versah, war der Grieche bei ihm, fegte ihm das Käppi vom Kopf, nahm es und warf es hinten auf den Müllwagen.

Was darauf folgte, war Sache der Polizei. Die war auch schnell zur Stelle, in Gestalt von zwei ebenfalls im Stau steckenden Zivilbeamten, konnte aber gegen den sich eruptiv entladenden Volkszorn nicht viel ausrichten. Ruhe und Ordnung kehrten erst wieder ein, als das Überfallkommando eintraf und wahllos auf die Menge eindrosch, wobei Aus- wie Inländer - zugegeben - durchgehend gleichbehandelt wurden. Selbst die zwei Zivilbeamten erfuhren keine Ausnahme.

Danach fuhr der Notarzt vor und nahm die Wundversorgung auf.

Seehusen, unter dessen Fenster sich die Szene zugetragen hatte, bemerkte nichts von alledem.

Wie betäubt lag, das heißt hing er in den Polstern des abgewetzten Kanapees, nach wie vor im Hausmantel, der über dem Bauch breit aufgesprungen war, so daß das halb aufgeknöpfte Oberhemd und der auch nicht mehr völlig korrekt geschlossene Hosenbund zum Vorschein kam.

Vor ihm auf dem Glastisch eine Champagnerflasche, angebrochen, dazu drei leere Kelche, einer davon mit cherryrotem Lippenabdruck, sowie ein bis zum Rand gefüllter Aschenbecher, Salzmandeln und noch so allerhand Krimskrams.

Erst am späten Nachmittag berappelte der Gerichtsdirektor sich, unter Schmerzen seiner Glieder.

Ein schwerer Traum hatte ihn zuletzt gefangengehalten, wie eine nicht endenwollende Geisterbahnfahrt, nach der er sich beklommen fühlte und zugleich erregt.

Er war seiner Frau begegnet, war mit ihr auf der Alten Brücke gewesen, als sie unbemerkt seinem Arm entglitten und zu einem fremden Mann ins Auto gestiegen war. Er war dem Wagen nachgerannt. Als er dann an die Ampel kam, war es das falsche Auto gewesen, und Katuszinski hatte am Steuer gesessen. Dann wechselte die Szene, hatte Madame Seehusen bei den "Tollen Tunten" an der Bar gestanden, hochgeschnürt und hochgeschlitzt. Ein Freier hatte sich genähert und ihr sein Geld gereicht, was sich im selben Augenblick in einen kleinen dicken Daumen verwandelt hatte, der in Zeitlupe zu Boden fiel. Plötzlich war Dorfschröder zur Stelle gewesen, hatte sich tief verbeugt zum Diener, den Daumen wieder aufgehoben und dazu beschwörend gesagt : "Coipax."

Und dann das letzte Bild, beunruhigend: August Stapff, der, tiefgebeugt über sein Wehrmachtskrad, durch die Nacht jagte und an jeder Kreuzung anhielt und nach seinem Vater fragte. Unterm Krad war der Vogelsberg weggebrochen, und die Wüste hatte sich aufgetan; und soweit man sehen konnte: nichts, bis auf einen schwarzen Punkt in der Ferne, auf den Stapff zugejagt war. Es war Piezonka in der Robe, die Hand angehoben zum Sühnezeichen. Nur war August schon lange tot, aber das Krad mit ihm war weitergefahren, immer weiter in die Wüste.

Ach, du liebe Zeit - Seehusen zog seine Uhr hervor: halb vier. Was war passiert?

Richtig, ja, jetzt kam ihm die Erinnerung: Die zwei kleinen Filipinas, die nicht gewollt hatten, daß er sie einfach wegschickte. Sie waren unglücklich gewesen, weil sie geglaubt hatten, er wär' mit ihnen nicht zufrieden und habe andere Mädchen haben wollen. Nur um sie wieder loszuwerden, hatte er vorgeschlagen, zusammen noch ein

Glas zu trinken, dann sei aber auch: "Schluß ... aus ... finito!"

Du liebe Güte, wohin war seine Brieftasche gekommen?

Im Hausmantel, tief in der Tasche, wo er sie zuletzt hatte, war sie nicht mehr.

Die kleinen Biester!

Also hatten sie ihm - wie sagte man? - etwas in den Tee getan, k. o.-Tropfen oder so, um ihn in aller Ruhe ausnehmen zu können.

Welches war sein Glas gewesen? Vielleicht gab es eine Spur, konnte man noch etwas riechen.

Seine Aufmerksamkeit fiel auf etwas anderes.

Die Zeitung.

Wie kam sie auf den Glastisch?

Es war die neueste Ausgabe. Und im Lokalteil stand, wie Marten es vorhergesagt hatte, die Meldung:

TOD EINES RICHTERS:
KEIN ZWEIFEL AN SELBSTMORD

Damit war sie erfüllt, die Forderung der Erpresser. Und wo, bitte, blieb Madame Seehusen?

Etwas war beim Umblättern aus der Zeitung gefallen, ein Brief. Seehusen nahm ihn an sich. Es war die Handschrift seiner Frau, akkurat wie immer. Ungewöhnlich nur die Großbuchstaben, das hatte etwas zu bedeuten, und in der Regel war es nichts Gutes.

WENN DAS DEIN VERGNÜGEN IST,
BRAUCHST DU NICHT AUF MICH ZU WARTEN

Weiter unten, hinzugefügt mit Bleistift, diesmal in der üblichen Schreibweise:

Und auf Salomo auch nicht!

Kein Gruß, keine noch so flüchtige Formel, nichts. Er faltete den Brief zusammen, legte ihn weg und ging ans Telefon.

Marten war noch im Büro.

“Rudolf, Junge! Ei, was machst du für Sachen!?”

“Wo ist meine Frau?”

“Wie ...? Ich denk', sie ist bei dir!”

“Ist sie frei? Geht es ihr gut?”

“Sie ist frei, und es geht ihr gut. Oder sagen wir, den Umständen entsprechend. Ich selber hab' sie abgeholt. Da sich bei dir niemand meldete, hat sie mich angerufen. Stell dir vor, von wo sie anrief. Aus Friedberg, vom S-Bahnhof, das ist dreißig Kilometer nordwestlich von hier.”

“Ihr ist nichts passiert?”

“Na ja, wenn du mich so fragst”, sagte Marten ausweichend. “Ich mein', ein Abstecher ins Grüne, eine Landpartie war's nicht. Man hat ihr die Augen zugebunden und am Anfang auch den Mund. Man hat sie vierundzwanzig Stunden eingesperrt, in einem zum Schlafraum umgebauten Keller; alles nur bei Notbeleuchtung. Und so, wie sie hereingezogen wurde ins Auto, ist sie heut morgen hinausgestoßen worden, an der Landstraße von Hungen nach Friedberg. Dort nahm ein Bauer sie im Wagen mit und brachte sie an den Bahnhof. Eine halbe Stunde später war ich da und hab' sie abgeholt.”

“Wie heißt der Ort? Was sagtest du?”

“Friedberg.”

"Nein, der andere."

"Hungen."

War Seehusen nicht letzten Sonntag durch Hungen gekommen, auf der Fahrt zu August Stapff? Er würde nachher auf der Karte nachsehen. Jetzt interessierte ihn etwas anderes: "Habt ihr einen Hinweis auf die Täter?"

"Also, wenn ich deine Frau recht verstanden habe, hat sie etwas, das uns weiterbringen könnte. Allerdings, Näheres wollte sie mir nicht erzählen. Sie meinte, es sei besser, zuerst mit dir darüber zu reden. Ich glaub', sie hatte Angst, etwas falschzumachen."

"Und du weißt nicht, wo sie jetzt hin ist?"

"Ich weiß nur, daß sie enttäuscht war. Sie hatte sich den Empfang anders vorgestellt. Mein Gott, Rudolf, zuerst dachten wir, du wärst tot! Dann wollte ich die Gläser verschwinden lassen, wenigstens das eine mit dem Lippenabdruck. Aber deiner Frau kann man nichts vormachen. Sofort erkannte sie, was los war, und dann, jeder Zoll eine Dame, hat sie sich bei mir bedankt und mich an die Tür gebracht. Seitdem hab' ich sie nicht gesehen."

Seehusen überlegte. Dann, etwas stockend, sagte er: "Wenn sie sich bei dir meldet, sag ihr, sie möchte heimkommen. Sag ihr, daß es ein Mißverständnis ist. Daß ich ihr alles erklären werde und daß ich ..."

"Ja, bitte?"

Etwas wollte der Gerichtsdirektor noch sagen, doch mehr als ein Gebrummel war nicht zu hören.

"Versteh' schon", sagte Marten. "Und, Rudolf, sobald du etwas weißt, und sei es der geringste Hinweis, ich meine auf die Täter, gib Bescheid. Damit wir diesen Saustall endlich ausmisten!"

Den ganzen Abend über sollte es in der Wohnung am Deutschherrnufer dunkel bleiben.

Versunken in Gedanken, die dringend zu ordnen waren, hatte Seehusen keine Notwendigkeit gesehen, irgendein Licht einzuschalten. Für seine Wanderung, die er wiederaufgenommen hatte, genügte ihm der zimtrote Schein von den Straßenlampen. Er rauchte eine Pfeife nach der anderen, doch es schmeckte ihm keine. Summa summarum steckte er schön in der Scheiße. Die letzten drei Tage war es drunter und drüber gegangen, so wie im Traum in der Geisterbahn, wo es bummelig begonnen hatte und in Amok endete. Alle seine Hoffnung ruhte auf Salomo. Auf den Kater war jetzt mehr Verlaß als auf seine Frau, die keineswegs so streßfest war, wie es den Anschein hatte, sondern in Bedrängnis zur Kurzschlußhandlung neigte. Doch solange sie Salomo bei sich hatte, durfte man halbwegs sicher sein, daß sie sich nichts antun würde.

Salomo sei Dank, sollte der Gerichtsdirektor recht behalten. Eben gerade hatte er sich hingesetzt, um mit etwas Fernsehen die Einsamkeit zu vertreiben, da flog ihn von hinten etwas an und landete auf seiner Schulter, schnurrend.

Dann flammten im Kronleuchter die Kerzen auf, und Madame Seehusen trat ein, in einem dunkelroten Seidenkleid, das so neu war wie ihre Frisur.

“Marten sagt, du wolltest mir etwas erklären.”

“Ich hab’ auf dich gewartet.”

“Was wolltest du mir sagen?”

“Sag mir zuerst, wie es dir geht.”

Er ging auf sie zu, wollte sie in den Arm nehmen, doch ihr Körper, der aufs Vorteilhafteste unter dem seidig schimmernden Tuch zur Geltung kam, wich ihm aus.

Er war enttäuscht, versuchte aber, sich nichts anmerken zu lassen.

“Bist du korrekt behandelt worden? Man hat dich nicht geschlagen, nicht versucht ...”

Er wollte sagen: “... versucht, dich zu vergewaltigen”, doch war ihm vor dem Wort die Spucke weggeblieben, und so brach er mitten im Satz ab.

Madame Seehusen verstand trotzdem.

“Rede nicht darum herum.” Ihre Stimme verriet, daß es ihr ernst war. “Sag mir jetzt, was dir passiert ist, hier.”

“Mir, hier ...?” fragte er gedehnt. Er fühlte sich in die Enge getrieben, so als wäre sie der Richter und er die zu vernehmende Person. “Was passiert ist ...? Warte, ich hol’ etwas zu trinken. Möchtest du ein Glas ...?”

“Champagner”, sagte sie, wie selbstverständlich. Etwas war in ihren Augen vorgegangen, eine Veränderung, die er nicht sogleich deuten konnte. Entweder hatte sie sich eine List ausgedacht, oder sie hatte Lust bekommen am Spiel mit dem Feuer, was überhaupt nicht ihre Art war. Möglich, daß es auch nur das neue Make-up war, warum sie so herausfordernd wirkte, auf jeden Fall sagte sie: “Also gut, hol uns Champagner. Und bitte, komm zur Sache.”

Sie ließ sich auf dem Kanapee nieder, während Seehusen die Flasche aus der Küche holte, gefolgt von Salomo, der eine Chance witterte, an den Präsentkorb zu kommen.

“Nichts ist passiert”, sagte er, etwas zu laut. “Nichts von dem, was du denkst.”

“Und das wäre?”

Sie trank schnell, beinahe hastig, als wäre sie völlig ausgetrocknet.

“Ich weiß nicht, was du hören willst.” Er suchte sich

den Platz am anderen Ende des Kanapees, wobei sein Hosenbein ihren Strumpf streifte und es vernehmbar knisterte. “Wenn du glaubst, ich hätte dir etwas zu beichten, werd’ ich dich enttäuschen.”

“Es prickelt schön”, sagte sie und drehte an dem Glas.

Was sollte er noch beichten?

Daß er den Damen aus Fernost irgendein läppisches Bildchen abgekauft und ihnen, da sie ihm leid getan, hundert Mark gegeben hatte?

“Wenn du die Nacktaufnahme meinst ...”, Madame Seehusen sah ihren Mann an, daß ihm mulmig wurde, “... sie liegt in meiner Handtasche. Möchtest du sie wiederhaben?”

“Danke, nein”, sagte er schnell. “Lieber wäre mir meine Brieftasche.”

“Bisher”, sagte sie und rückte nah an ihn heran, wobei ihr Kleid hochrutschte, “brauchtest du dazu kein Foto.”

Er hatte Mühe, ruhig zu bleiben. “Warte, ich schenk’ dir etwas nach.”

“Danke. Und dann mach das Licht aus. Und wirf Salomo hinaus!”

Dann, als es dunkel im Zimmer und er wieder bei ihr war, warf sie einen Blick zum Fenster, und hingegossen, wie sie es im Kino mal gesehen hatte, hauchte sie: “Du bist sicher, daß uns niemand sieht?” 

“Niemand.”

“Völlig sicher?”

“Vollkommen.”

“Dann hör’ auf mit dem Gerede. Und komm endlich!”

17

Hauptmann Müller

Marten saß in seinem Dienstzimmer und war wütend. Dr. Bronner, sein bestes Pferd im Stall, hatte Riesenmist gebaut.

Eineinhalb Jahre war im Gericht gegen die Führerschein-Mafia verhandelt worden, und heut vormittag, an diesem schwarzen Freitag, war der Prozeß völlig überraschend geplatzt.

Das schlimmste war die Begründung, eine schallende Ohrfeige, die der Gerichtsvorsitzende den Staatsanwälten verpaßt hatte.

“Kein Fair play mehr möglich”, hatte er verkündet und so getan, als bestünde die Behörde aus Bluthunden, vor deren würgendem Zugriff er, der göttlich Gerechte, die Angeklagten schützen müsse.

Richter, insbesondere die höheren, waren eben doch Klugscheißer!

Am meisten ärgerte Marten, daß ausgerechnet Dr. Bronner, den er für begabt hielt und der einmal die Abteilung übernehmen sollte, sich so dumm hatte anstellen können. Er hatte sich provozieren lassen, war in die Falle der Verteidigung getappt, hatte sich dann wieder rächen wollen, machte Druck auf die Angeklagten und bestand darauf - dieser Wahnsinnsvogel! -, daß ins laufende Verfahren weitere Tonnen an Belastungsmaterial angeschleppt wurden.

Klar, daß ein Richter sich so etwas nicht bieten ließ, daß er im Dreieck sprang bei der Vorstellung, weiterhin eine Kiste nach der anderen öffnen zu müssen, mit Akten voll bis an Sankt Nimmerlein.

Also hatten sie das Verfahren einfach beendet, standen jetzt selber weiß wie die Wäscher da, während der Staatsanwalt im Stück der Schurke war.

Immer noch wütend, brütete der Oberstaatsanwalt über dem von ihm verlangten Bericht an die Ministerin, als es an der Tür klopfte und Seehusen hereinkam.

Der Gerichtsdirektor war spät aufgestanden, hatte ausgiebig gefrühstückt, wär', hernach gestärkt, gern mit seiner Frau noch mal ins Bett gegangen - was ihr aber unschicklich erschien - und wollte nun stellvertretend für Madame von der Entführung Bericht erstatten.

Um die Nase herum war er etwas rot, wobei sich schwerlich sagen ließ, ob es von der Kälte herrührte, durch die er eben gestapft war, oder nicht einen anderen Grund hatte.

Marten warf noch einen Blick auf den Bericht, dann legte er den Bleistift weg und wandte sich dem Freund zu.

"Die jungen Leute", stöhnte er. "Sie verlieren jegliche Distanz und führen sich auf wie Anwälte des Satans."

"Sprichst du von Windbusch?"

"Nein, von Bronner. Doch auch bei Windbusch, scheint es, hat nicht alles seine Ordnung."

"Hab' ich dir erzählt, wo ich ihn angetroffen habe? In Dorfschröders Arbeitszimmer; nachts, allein. Es sah aus, als suchte er etwas. Bald darauf hieß es, ein Teil der Akten sei verschwunden."

"Akten aus dem Stapff-Verfahren?" Marten merkte auf.

“Ich werd’ ihm mal auf die Finger sehen.”

“Nur nicht, daß er etwas merkt.”

“Na, hör mal! Ein Staatsanwalt ist keine Waschfrau.”

Marten war gereizt, und da er seine Wut nicht an dem Freund auslassen wollte, wechselte er das Thema: “Wie geht es deiner Frau? Alles überstanden?”

“Danke, ausgezeichnet.”

“Seid ihr zwei wieder im reinen?”

“Ja, kein Problem.”

“Sie ist allein zu Haus geblieben?”

“Von wegen. Solang ihr nicht die Täter habt, laß ich sie nicht ohne Aufsicht.”

“Und wo ist sie jetzt?”

“Hier.”

“Wo?”

“Unten, in der Cafeteria. Sie wollte sich ein wenig aufwärmen, etwas Heißes trinken. Dort wird sie ja wohl sicher sein, oder?”

“Das möchte ich stark hoffen. Obwohl ...” Marten wollte etwas hinzufügen, verzichtete aber darauf und fragte statt dessen: “Gibt es etwas Neues? Ich meine, was hat sie erzählt?”

“Du kennst das Rätsel um Piezonkas Kalender, um den Eintrag - ‘Hpm Müll’ -, den wir nicht entziffern konnten. Es war das Kürzel für jemanden, den Piezonka hatte treffen wollen ... richtig, ja: an dem Wochenende, an dem er dann sterben sollte. Und stell dir vor, was meiner Frau auffiel ... Marten, du errätst es nicht!”

“Ein Staatsanwalt ist auch kein Rateonkel. Denk an meine Nerven, Rudolf!”

“Erst dachte ich, es wäre nichts Besonderes. Müller heißen viele ...”

“Rudolf!” sagte Marten streng. “Bitte drück dich klarer aus!”

Der Oberstaatsanwalt hatte recht. Seehusen, der munter dahergeplaudert hatte, mußte sich konzentrieren. “Sie hat aus den Gesprächen der Entführer etwas mitbekommen. Öfter fiel der Name Müller. Und zwei-, dreimal war auch die Rede von einem Hauptmann Müller. So, und jetzt denk mal an das Kürzel ...”

“Hauptmann Müller? Na klar!” Marten schlug sich an die Stirn. “Er spielt im Stapff-Prozeß eine Rolle. Nur frag mich nicht, welche. Aber ich kümmere mich darum. Allerdings”, der Oberstaatsanwalt stieß einen Seufzer aus, “es kann nach Dienstschluß werden.”

“Falls du mich brauchst”, sagte Seehusen, “ich bin zu Hause zu erreichen. Ein Umzug ohne Ende ...”

“Ist das Kanapee jetzt unten?”

“Das Kanapee bleibt oben.”

“Was sagt Madame dazu?”

“Sie besteht darauf.”

“Mit einem Mal?”

“N a c h einem Mal!”

“Dann ist ja alles bestens”, schmunzelte Marten. “Und sonst, was sagt sie sonst?”

“Über das Kanapee?”

“Über die Entführung!”

“Allzuviel hat sie nicht mitbekommen. Man hat kaum mir ihr gesprochen; nur das Notwendigste. Daß sie ruhig bleiben solle und vernünftig, dann würde ihr auch nichts geschehen.”

“Hat man nicht versucht, sie auszuhorchen?”

“Sie wußte nichts. Das scheint man ihr geglaubt zu haben.”

“Und sonst?”

“Zwei Stimmen, sagt sie, hätten sich ihr besonders eingeprägt. Sie glaubt, sie würde beide wiedererkennen.”

“Das kann von Bedeutung sein, später. Und der Ort, die Örtlichkeiten? Ist ihr nichts aufgefallen?”

“Es muß irgendwo auf dem Land gewesen sein. Die ganze Zeit hat es nach Mist gestunken. In der Nähe muß ein See oder ein Weiher sein. Jedenfalls hat sie Enten gehört oder sonst ein Federvieh. Beim Wassern, denke ich.”

“Mist?” wiederholte Marten. “Davon habe ich genug vor mir.” Er wandte sich wieder dem Bericht zu. “Das muß am Montag die Ministerin haben, sonst bekomm' ich eins auf den Deckel. Sei froh, mein Lieber, daß du in Pension bist. Und nun entschuldige mich, bitte. Sonst komm' ich heut nicht mehr nach Hause.”

Die Befürchtung war berechtigt.

Damit die Aktenprüfung nicht auffiel, mußte Marten abwarten, bis auch Windbusch sich entschlossen hatte, das Amt zu verlassen.

Oft belobigt wegen seiner Überstunden, hing der junge Staatsanwalt gegen halb sieben noch am Telefon, traf Verabredungen mit der Polizei, spielte zwischendurch am Computer herum, und zu guter Letzt jagte er ein Fax hinaus, bei dem offenblieb, ob es nun dienstlich war oder privat.

Endlich war Windbusch fertig, schwang sich auf sein Motorrad und donnerte zum Gerichtsviertel Richtung Zoo hinaus.

Das erste, was Marten feststellte, war keine Überraschung mehr.

Die Original-Akte zum Stapff-Verfahren war unvollständig. Also stimmte es, was Seehusen von Dorfschröder erfahren hatte: Sämtliche Blätter, aus denen ersichtlich wurde, wie es zur Wiederaufnahme kam, waren weg.

Und was war mit den Duplos, den Kopien von der Original-Akte, die regelmäßig in Großverfahren angefertigt wurden, damit jeder seine eigene Akte hatte?

Fehlanzeige.

In die Duplo-Akte war die Vorgeschichte des Prozesses gar nicht erst aufgenommen worden.

Das sah nicht gut aus, wirklich nicht.

Wo war das ganze Zeug hingekommen?

Was dachte Windbusch sich dabei?

Spätestens wenn die Verhandlung neu beginnen würde, also im dritten Stapff-Prozeß, mit völlig neuen Richtern, würde der Aktenschwund auffallen, würde es Nachforschungen geben. Und Akten zu unterdrücken, war kein Kavaliersdelikt. Wer sich erwischen ließ dabei, der konnte für den Rest der Laufbahn Unfallschäden abwickeln, bei irgendeiner Versicherung.

Ob er bei Windbusch zu Hause anrufen und einfach fragen sollte?

Besser nicht.

Nachher weitete der Verdacht sich aus, und der Oberstaatsanwalt würde wegen versuchter Strafvereitlung zum Schluß selber mit in der Tinte sitzen.

Sein Blick wanderte zum Computer.

Ein Freak wie Windbusch war er nicht, doch verstand er es, den Kasten soweit zu bedienen, daß er jederzeit an die Daten der Ermittlungsbehörde herankonnte.

Vor eineinhalb Jahren, etwa um die Zeit, als der neue Stapff-Prozeß begann, nachdem Marten sich durchgerungen hatte, auf seine alten Tage noch EDV zu lernen, hatte

Windbusch ihm am Computer, dem unheimlichen Wesen, öfter beigestanden. Und dabei hatte der Kollege, der zusätzlich an dieser kleinen Kiste - wie hieß sie gleich: Laptop - arbeitete, ihm zum Üben eine Diskette überlassen, die Kopie des von ihm selber erstellten Datensatzes zum Stapff-Verfahren.

Hoffentlich besaß er sie noch, hatte er die Datei nicht überschrieben, nichts gelöscht.

Glück gehabt.

Auf dem Bildschirm erschien das Menü; reichhaltig, gut sortiert. Ein Suchwort reihte sich ans andere, die Geschichte des Prozesses auf einen Blick:

STAPFF: - ERMITTLUNG EINLEITUNG
- ANKLAGE
- HAUPTVERHANDLUNG I
- URTEIL
- REVISION VERWORFEN
- WIEDERAUFNAHME ANTRAG I-III
- WIEDERAUFNAHME ABGELEHNT I-III

MÜLLER: - ERMITTLUNG EINLEITUNG
- ERMITTLUNG EINSTELLUNG

STAPFF: - WIEDERAUFNAHME ANTRAG IV
- WIEDERAUFNAHME ZUGELASSEN
- HAUPTVERHANDLUNG II
- URTEIL ???

So begann Martens längste Nacht am Bildschirm. Text für Text, Fenster für Fenster tastete er sich voran. Nach ein paar Stunden flimmerte es ihm vor den Augen, und er entschloß sich, eine Pause einzulegen.

Er verließ das Gebäude durch den Seiteneingang, zu dem nur der Behördenleiter noch einen Schlüssel hatte, und begab sich gegenüber ins Lokal "Zu den zwölf Aposteln", wo er sich schnell hintereinander zwei Pils bestellte und zum Essen Fleisch am Spieß nahm.

Am Tresen hingen drei Kollegen herum, Strandgut einer langen, schweren Woche, in der man sich nichts gegönnt hatte. Marten grüßte sie, doch sie schienen ihn nicht zu erkennen, nicht mehr. Dem Oberstaatsanwalt war es nur recht. Er hatte am Computer noch allerhand vor sich, er brauchte Zeit, um nachzudenken.

Etwas stank zum Himmel. Etwas war gedreht worden, damit Stapff den neuen Prozeß hatte bekommen können, die Chance, aus dem Lebenslang einen Freispruch zu machen.

Alles stand und fiel mit Müller. Ohne die Ermittlung gegen ihn hätte Stapff die Wiederaufnahme nicht erreicht. Bei Marten tauchte ein Verdacht auf; ungeheuerlich, scheinbar an den Haaren herbeigezogen, so daß er nicht - noch nicht - wagte, es laut zu denken: Wenn nun dieser Müller gar nicht existierte ... wenn die Person eine Erfindung war ... wenn es diesen Hauptmann niemals gegeben hatte ...

Marten brauchte noch ein Pils.

Um gegen Müller zu ermitteln, vorgeblich wegen Mordverdachts, war Windbusch in den USA wochenlang herumgereist. Da der Hauptmann im selben Rüstungswerk wie Stapff gewesen sein sollte, damals in Lublin, hatte Windbusch - das war nur konsequent! - jene Zeugen aufgesucht, die gegen Stapff im ersten Prozeß ausgesagt hatten. Und siehe da, in Los Angeles, nachdem er im Mietwagen auf den Freeways zwei Tage lang herumgeirrt war und einen dritten brauchte, um sich am schönen Strand des Ozeans davon wieder zu erholen, wollte Windbusch d i e Sensation entdeckt haben. Sie erschien ihm in Gestalt von Miß Irene Goldburg, einer reichlich betagten Dame, die inzwischen beinahe alles vergessen hatte, was in Lublin geschehen war. Also wußte sie auch nichts mehr über August Stapff, obwohl sie ihn früher schwer belastet hatte. Ebendiese Aussage hatte der Staatsanwalt in aller Eile protokollieren lassen, war damit zurückgeflogen nach Frankfurt, hatte prompt die Ermittlung gegen Müller eingestellt - mangels Tatverdachts - und darauf die Wiederaufnahme für Stapff eingeleitet.

"Herr Ober! Die Rechnung, bitte."

Marten zahlte, und wie immer, bevor er sein Stammlokal verließ, trank er auf Kosten des Hauses noch einen Slibowitz, der angenehm den Magen wärmte.

Es regnete in Strömen.

Da er keine Kopfbedeckung hatte, kehrte er um, suchte die Garderobe auf, blickte einmal kurz um sich und fischte aus dem Ständer einen Schirm. Es war das mit Abstand älteste Modell, und gleich am Montag würde er es zurückbringen, ganz bestimmt.

Das Haus der Staatsanwaltschaft lag im Dunkeln. Bis auf vier Fenster in der dritten Etage, im sogenannten Atelier, wo noch Licht war. Da stand, in einem schlichten grauen Kittel, der Chef vor seinen Bildern und malte wieder, naive Kunst, der er vorzugsweise am Wochenende nachging. Schöne Stücke waren ihm gelungen, anerkannt auch von professionellen Künstlern, hingegen Kritiker, die immer etwas zu meckern hatten, ihn "Grandpa iuris" nannten, wohl wegen der Robe, die sein Hauptmotiv war und in keinem Werk fehlte.

Als Marten die Chefetage erreichte - um nicht aufzufallen, hatte er kein Licht angemacht - , öffnete sich die Tür, und aus dem Büro des Behördenleiters trat ein Mädchen.

Sie lief geradewegs in Martens Arme. Im Halbdunkel des Flur schrie sie auf, und auch er war erschrocken.

Unter der Robe, die sie um die Schulter gelegt hatte, war sie vollkommen nackt, und wie er sie halten wollte, wie er die Hände nach ihr ausstreckte, kam ihr kompakter kleiner Körper mit seinen regennassen Kleidern in Berührung.

Sie schrie wieder auf, dann löste sie sich von ihm und entschwand Richtung Damentoilette.

Marten sah ihr nach. Wenn er sich nicht täuschte, hatte er das Mädchen schon mal gesehen, allerdings nicht so. Sie gehörte zu den schwarzen Portugiesinnen, die nach Dienstschluß kamen und putzten, angeführt von einer älteren, die selber nicht mehr putzte, sondern die anderen kontrollierte.

Plötzlich ertönte hinter ihm die Stimme seines Chefs, sonor wie immer, aber viel freundlicher.

"Humor", sagte er, "ist der Regenschirm der Weisen." Damit bückte er sich und reichte Marten seinen Regenschutz, der beim Zusammenstoß zu Boden gegangen war. "Ich hoffe, du hast davon genug."

Es war das erste Mal in all den Jahren, daß der Behördenleiter einen Mitarbeiter geduzt hatte.

"Danke", sagte Marten. Er war verlegen, und da er nicht wußte, was er sagen sollte, wiederholte er: "Danke, Chef."

"Nichts zu danken."

In dem grauen Kittel erinnerte der Chef an einen Kraftfahrzeugmeister, der selber auch lackierte.

“So spät noch hier?” fragte er. “Gibt es was Besonderes?”

“Wir haben ein U-Boot”, sagte Marten.

“Ein U-Boot?” Der Behördenleiter zog die Augenbrauen hoch. “Haben wir nicht genug vom Kriegspielen?”

“Ich wollte sagen ...”

“Schon kapiert”, schnitt ihm der Chef das Wort ab. “So weit entfernt von euch, wie ihr meint, bin ich nicht. Wie ernst ist es?”

“Sehr ernst.”

“Hat die Presse Wind bekommen?”

“Ich fürchte, ja.”

“Dann nichts wie durch mit vollen Segeln. Du hast meine Rückendeckung. In der Behörde darf kein Glied schrägstehen. Sonst können wir gleich einpacken.”

“Danke, Chef.”

“Wenn ich dir helfen soll, ruf mich an. Ich bin die ganze Nacht hier. Weißt du, so ein Modell - du hast das Mädchen ja gesehen - hat man nicht alle Tage. Wenn sie nicht so scheu wär’, könntest du hereinkommen und das Bild anschauen.”

“Danke, ich warte, bis es fertig ist. Und jetzt entschuldigen Sie mich, ich muß noch Personalien prüfen.”

“Mach das”, sagte der Behördenleiter. “Und tu mir den Gefallen, rede nicht darüber. Du kennst ja die Ministerin; von Recht versteht sie einiges, aber von Kunst? So, und jetzt seh’ ich nach dem Mädchen ...”

18

"Hilfe!"

Seehusen stand im Bad vor dem Spiegel und rasierte sich.

Vom Rand der Wanne her, wo er das kleine Radio hingestellt hatte, kamen Nachrichten.

Es war kurz nach acht Uhr, und wenn sie vor dem Samstagmorgenrun in der Stadt sein wollten, mußte er sich beeilen. Nicht weit vom Theaterplatz, beim Tunesier, der - mal wieder - sein Geschäft auflöste und mit Sonderangeboten lockte, hatte Madame Seehusen einen Seidenteppich entdeckt, zwei mal drei Meter groß, nachtblau, der genau dem entsprach, was sie sich fürs Schlafzimmer vorstellte. Den wollten sie sich gemeinsam anschauen, und danach, falls noch Zeit wäre, wollte er - dann aber ohne sie - am Schweizer Platz beim Weinhändler vorbeigehen.

Seehusen spülte sich gerade den Rest an Schaum vom Kinn, als draußen an der Tür geklopft wurde und Madame sich meldete.

"Rudolf, hörst du mich? Marten will dich sprechen. Du möchtest bitte kommen. Er sagt, es wäre dringend."

Ein paar Tropfen After-shave zum Blutstillen - Seehusen hatte sich mal wieder geschnitten - und dann ein frisches Hemd. Wenn Marten, der am Wochenende gern ausschlief, so früh auf den Beinen war, hatte es etwas zu bedeuten.

"Rudolf, komm! Auf geht's!" rief Marten aus der Küche.

Aufgekratzt, mit einer hektischen Bewegung, verließ der Oberstaatsanwalt den Tisch, auf dem seit einiger Zeit bereits das Frühstück stand.

“Komm und mach dich fertig! Hausdurchsuchung. Wir fahren zu Windbusch und schauen uns seine Wohnung an.”

Seehusen dachte an den Weinhändler und daß er nicht einen anständigen Tropfen mehr im Haus hatte.

“Jetzt auf der Stelle, so ohne jedes Frühstück?”

“Zieh dir einen Kaffee rein, nimm das Brötchen auf die Faust und komm. Viel Zeit haben wir nicht. Der Kommissar wartet unten mit dem Wagen.”

“Und meine Frau ...? Nicht, daß ich heimkomme und sie ist wieder verschwunden.”

“... nehmen wir mit. Die Staatsanwaltschaft auf Familienausflug. Windbusch wird Augen machen.”

Madame Seehusen kam aus dem Schlafzimmer, fertig angekleidet und im Arm den Kater.

“Und der da”, fragte sie, “was ist mit dem da?”

“Also, Leute ...” Marten kratzte sich am Kopf und überlegte. “Nichts gegen Tiere, meinetwegen, wenn's ein Hund wäre. Doch ein Polizei-Kater ...?!”

Am Ende mußte Salomo zurückbleiben, während die drei ins Auto stiegen zum Kommissar, mit dessen Laune es an diesem Samstag nicht zum besten stand.

Ruppig legte der noch junge Mann die Gänge ein, jagte den Wagen über die Alte Brücke, nahm das Mainufer in östliche Richtung, bog hinterm Portikus der Alten Bibliothek ab in den Anlagenring und brachte das Auto jäh vor einem Hochhausklotz zum Stehen, der so gesichtslos war, daß man ihn nicht beschreiben konnte.

“Da wären wir”, sagte Marten, während der Kommissar etwas muffelte wie: “Immer samstags diese Scheiße. Ich laß mich nach Brandenburg versetzen.”

“Wartet mal!” rief Seehusen von hinten. “Da ist er ja!” Er hatte Windbusch durch das Rückfenster gesehen. “Klar, da kommt er. Sieht aus, als ginge er hinten zu den Motorrädern.”

“Um so besser”, sagte der Kommissar. “Wenn er wegfährt, können wir in Ruhe seine Bude filzen.”

“Das können wir immer noch”, widersprach Marten. “Ich möcht’ wissen, was er vorhat.”

“So ein kleiner Mann”, bemerkte Madame Seehusen, “und so eine schwere Maschine! Jetzt versucht er aufzusteigen.”

“Los, ihm nach”, sagte Marten zum Kommissar. “Zeigen Sie mal, daß Sie Auto fahren können! Auf meine Verantwortung!”

Das ließ sich der Beamte nicht zweimal sagen. Um Anschluß zu halten, um die Violinschlüssel - oder waren es Paragraphen? - auf Windbuschs Helm nicht aus den Augen zu verlieren, bretterte er die Eckenheimer mit hundert Stundenkilometern hoch zum Hauptfriedhof, wobei er - was ihm besonderes Vergnügen zu bereiten schien - zweimal bei Rot die Ampel überfuhr.

“Was ist mit Hauptmann Müller?” wandte Seehusen sich an Marten. “Hast du etwas herausgefunden?”

Der Oberstaatsanwalt suchte seinen Mantel ab, kramte aus der Tasche einen Zettel vor und begann laut zu lesen: “Müller, Ludwig, geboren am 3. September 1918 in Dortmund - so, und jetzt kommt es, hast du was zum Festhalten? -, gestorben am 4. Dezember 1988 ebenfalls in Dortmund. Na, was sagst du nun? Windbusch hat gegen einen Mann ermittelt, der seit langem tot ist.”

Seehusen überlegte. Nebenbei war es eine interessante Rechtsfrage, richtig was zum Büffeln für Studenten. Wider besseres Wissen zu ermitteln gegen einen Toten - was war das für ein Tatbestand: Verfolgung Unschuldiger, Vortäuschen einer Straftat, Falschbeurkundung - oder sollte es, wie so manches im Amt, straflos bleiben?

"Hier wird's haarig", warf der Kommissar ein. "Helft mit, aufzupassen!"

Sie hatten Eckenheim erreicht, den alten Ortskern. Klein und verwinkelt waren die Straßen, an jeder Ecke konnte man die Spur verlieren, und Windbusch wäre auf und davon gewesen.

"Halt!" rief Seehusen, der auf einen Wink des Kommissars hin nach hinten Ausschau hielt. "Eben ist er abgebogen. In den Hof, dort, wo die Werkstatt ist!"

"Gut gemacht, Rudolf", sagte Marten. "Also, wir lassen jetzt den Wagen stehen. Der Kommissar und ich, wir sehen uns hier mal um. Während ihr", er wandte sich zum Fond hin, "im Wagen bleibt und die Stellung haltet. Setzt euch ruhig nach vorn, dann fällt es nicht so auf."

Damit schlug er die Tür zu und folgte dem Kriminalbeamten, der sich bereits entfernt und Stellung hinter einer Buche bezogen hatte.

Schräg gegenüber waren die Garagen. Seitlich dazu befand sich eine Autowerkstatt, ein langgezogener Schuppen, der heruntergekommen aussah, mit einer Schrift am Schiebetor: Kraftfahrzeuge aller Art. Ein paar Autos standen im Hof, die Schrott waren, und ein DKW-Kübelwagen, ein Fahrzeug aus dem letzten Weltkrieg, das wohl endgültig seinen Geist aufgegeben hatte.

Nur von Windbusch oder seinem Motorrad war nichts zu sehen.

“Laß mich ans Steuer”, bat Madame Seehusen ihren Mann. “Ich möcht’ sehen, was so ein Streifenwagen an Knöpfen hat.”

“Aber nicht, daß du davonfährst”, scherzte er und legte seine Hand wie selbstverständlich auf ihr Knie.

“Was machst du da, Rudolf?”

“Nichts”, sagte er.

“Nicht im Polizeiwagen, bitte.”

Er wollte nach der Uhr in seiner Tasche sehen, mußte aber feststellen, daß er sie in der Eile nicht eingesteckt hatte.

“Weißt du, wie spät es ist?”

“Zehn nach neun.”

“Dann stellen wir das Radio an. Sie haben etwas angekündigt, vorhin, als ich im Bad war. Eine Sendung über den Prozeß, über Piezonkas Tod.”

“Hoffentlich find’ ich den Sender.”

“Warte mal”, sagte Seehusen. “Da ist es. Die Stimme kenn’ ich. Es ist Babette.”

“Babette?”

“Die Funkreporterin. Sie hat mir die Erklärung abgenommen. Ohne sie ...”

“Horch mal”, unterbrach Madame Seehusen. “Da ist ja auch Elsie, ihre Stimme. Wie kommt Elsie denn ins Radio?”

“Sie ist bei Babette im Studio. Oh je, dann bekomm’ ich was zu hören. Elsie glaubt, ich hätte sie verraten. Die Erklärung hat sie vollständig verwirrt. Nur, was hätte ich ihr sagen sollen?”

“Die Wahrheit. Jemandem wie Elsie sagt man die Wahrheit.”

“Wahrheit! Auf die Wahrheit, die jetzt kommt, bin ich

gespannt. Moment, was hat sie gesagt? Stell bitte lauter!"

"Sie sagt, sie habe etwas entdeckt. In der Wohnung des Richters, versteckt in den Regalen."

"Das Tagebuch?"

"Pssst! Wenn du andauernd hineinredest, kann ich nichts verstehen."

"Ich und hineinreden!? Wenn einer redet, dann bist du es!"

"Sei nicht so gereizt! Du tust so, als hättest du etwas zu befürchten. Reg dich ab und hör dir die Musik an. Danach geht es weiter ..."

"Also", fuhr er ihr ins Wort, "was hat sie nun entdeckt? Was genau hat Elsie gefunden?"

"Ein Aufnahmegerät. Einen Recorder, mit einer Kassette darin, die - wenn ich es recht verstehe - kurz vor Piezonkas Tod entstanden ist."

"Ein Tonband? Piezonka hat ein Tonband hinterlassen? Bist du sicher?"

Die Nachricht stellte alles auf den Kopf.

Ein Band, ein letztes Band; ein letztes Wort, von Piezonka selber zu Protokoll gegeben; eine Kassette anstelle eines Abschiedsbriefs, nach dem man vergeblich gesucht hatte; und dann der Tod, von eigener Hand?

"Hör es dir erst an", sagte Madame Seehusen. "Danach kannst du weiter überlegen."

Wo blieb Marten mit dem Kommissar?

Er rannte wahrscheinlich in der Gegend herum, observierte, bereitete sich auf das Verhör vor, während in der Zwischenzeit der Fall eine Wende nahm.

Oder?

"Es kommt!" rief Seehusen. "Schnell, stell lauter. Und bitte halt den Schnabel!"

“Den Schnabel!? Also, Rudolf, bitte ...”

“Still! Piezonka spricht. Oder?”

Die Stimme war nicht sehr sympathisch, etwas dünn, um nicht zu sagen: fistelig, was an der Aufnahme liegen mochte beziehungsweise am Standort des Geräts. Möglicherweise war Piezonka auch nur erkältet. Er sprach mit Bedacht, schien zu wissen, was er sagen wollte und machte nicht den Eindruck eines Mannes, der im nächsten Augenblick Hand an sich selber legen würde:

> “Wir haben Samstag, den 7. November, es ist 19 Uhr 55. Ich bin in meiner Wohnung, verabredet in fünf Minuten mit einem Mann, der mich vor ein paar Tagen anrief. Sein Name: Hauptmann Müller ... Persönlich kenne ich ihn nicht, aus der Akte weiß ich aber, daß Staatsanwalt Windbusch gegen ihn ermittelt hat und daß es ohne sein Verfahren nicht zur Wiederaufnahme im Fall Stapff gekommen wäre ... Etwas an dem Vorgang ist mir nach wie vor schleierhaft, und ich habe einen ganz bestimmten Verdacht. Um so mehr möcht’ ich wissen, was Müller von mir will. Klar ausgedrückt hat er sich nicht, nur gesagt, daß er mich dringend sprechen muß wegen des Prozesses, und daß er nicht darüber reden kann am Telefon ... Da ich annehme, daß er mir etwas enthüllen will, was für den Prozeß von Bedeutung ist, und ich hinterher nicht dastehen möchte ohne jeglichen Beleg, hab’ ich mich trotz Bedenken entschlossen, das Gespräch aufzuzeichnen ... So werd’ ich den Recorder jetzt ins Regal stellen, darüber einen leeren Ordner stülpen, so daß man nichts sieht, und abwarten, was geschieht.”

Ein Augenblick des Schweigens. Dann sagte Madame Seehusen: “Ich kapier’ gar nichts mehr. Ich dachte, der Hauptmann wäre tot. Marten sagte es doch gerade.”

“Paß auf, was geschieht. Es klingelt. Hörst du es? Jetzt geht Piezonka an die Tür und öffnet. Er scheint völlig überrascht, hör doch mal ...”

> “Windbusch!? ... Sie? Was führt Sie zu mir? Mit Ihnen hab’ ich nicht gerechnet. Ich dachte ... So kommen Sie doch herein!
> Ach so, verzeihen Sie, ich sehe, Sie sind nicht allein gekommen ... Heißt das? ... Nein!! ... Das kann nicht Hauptmann Müller sein, nicht der Jahrgang 1918 ... Bitte, nehmen Sie Platz. Was darf ich Ihnen anbieten? Sie haben nur eine Frage, bitte sehr ... Richtig, ja, morgen nachmittag im Funkhaus.
> Babette hat ein paar Fragen, ich werde Sie beantworten ... wahrheitsgemäß, was denken Sie denn, Windbusch!? ... Sie meinen, daß im Prozeß alles seine Ordnung hat? Nun gut, wir werden sehen ... ich weiß nicht, worüber Sie sich aufregen, meine Herren ... was tun Sie da ... was wollen Sie von mir ... was wollen Sie mit dem Gürtel? Windbusch! Sagen Sie dem Mann, er soll mich loslassen. Ich bekomm keine Luft mehr ...
>
> Hilfe! Hilfe!”

Madame Seehusen war fassungslos.

“Rudolf!” rief sie. “Hörst du das? Sie bringen ihn um! So tu doch endlich was!”

Das Lenkrad fest umgeklammert, saß sie da, so wie jemand, der die Katastrophe kommen sieht und nicht ausweichen kann.

Der Gerichtsdirektor hob den Kopf. Er selber war wie betäubt, atmete schwer, rang um seine Fassung. Schließlich wandte er sich seiner Frau zu, legte die Hand auf ihre Schulter und sagte: "Wir können nichts mehr tun."

Und nach einer Weile: "Daß sie so etwas im Radio bringen!? Ich schalt' jetzt aus ..."

"Nein, nein", sagte sie. "Laß es an. Bitte. Ich möchte die Stimmen hören, Windbuschs Stimme und die des anderen Mannes. Da, jetzt spricht er wieder. Also, sicher bin ich nicht. Doch die eine Stimme kommt mir bekannt vor."

"Hör genau hin! Achte nicht auf den Sinn, achte auf die Laute!"

Es hatte keinen Zweck mehr, die Qualität der Aufnahme war zu schlecht geworden. Nur Geräusche, die von weit her kamen und nicht zu definieren waren.

Dann ein Rauschen und das Band riß ab.

Seehusens saßen da, sagten nichts. Jeder hing seinen Gedanken nach, aufgewühlt vom Unerhörten.

Als erste rührte sich Madame Seehusen. Tonlos sagte sie: "Ich möchte wissen, wo Marten bleibt."

"Ich steig' aus und sehe nach."

"Bitte nicht. Geh nicht weg. Nicht jetzt."

Am Himmel braute sich etwas zusammen. Ein scharfer, kalter Wind kam auf, trieb vor sich die Blätter einer Zeitung her, wehte sie hinüber zum Kirchhof auf der anderen Seite. Zwei Jogger tauchten auf, entfernten sich wieder, gefolgt von einem Mädchen, das auf seinem Fahrrad gegen den Wind antrat.

Sonst war auf der Straße niemand zu sehen.

Seehusen dachte an Marten. Der Freund war in Gefahr, man müßte ihn warnen, aber wie?

Hoffentlich hatte wenigstens der Kommissar eine Waffe bei sich.

Niemand hatte ahnen können, daß der kleine Staatsanwalt so gefährlich war.

Und der andere Mann erst, Piezonkas Mörder. Professionell hatte er getötet und anschließend den Selbstmord inszeniert. Selbst der Gerichtsmediziner, ein alter Fahrensmann, der zehntausend Leichen in seinem Leben gesehen hatte, war darauf hereingefallen.

Dann aber war dem Täter ein Fehler unterlaufen: Nachdem er fertig war im Bad, hatte er - ein ordentlicher Mensch - das Licht ausgemacht.

"Woran denkst du?" fragte Madame Seehusen.

"An die Stimme von eben. Du sagtest, sie käme dir bekannt vor. Kennst du nur die Stimme, oder hast du den Mann auch mal gesehen?"

"Einmal nur. Und nur ganz kurz. Er war groß und korpulent. Sein Gesicht war aufgedunsen. Und seine Brille war viel zu klein, so als hätte er sie als Schüler schon getragen."

"Wie alt?"

"Um die Dreißig, schätze ich."

Von hinten näherte sich ein Gefährt, wie man es nicht alle Tage sah.

Madame Seehusen stieß ihren Mann an: "Guck mal."

Es war der Kübelwagen. Klappernd hatte er den Hof verlassen.

Bei offenem Verdeck, an dem der Wind rüttelte, saßen zwei Männer darin. Olivfarbene Tarnanzüge, olivfarbene Käppis, Stiefel bis ans Knie.

Der Gerichtsdirektor stutzte, sah noch einmal hin und murmelte dann: “Das darf doch nicht wahr sein!” Und zu seiner Frau: “Weißt du, wer das war!? Windbusch. Ja, der Mann am Steuer ist Windbusch. Ich hab’ ihn genau erkannt. Und neben ihm der Dicke ...”

“... paßt zu meiner Beschreibung. Mein Gott, Rudolf, was sollen wir tun!? Sag mir, wo Marten ist, wo ist der Kommissar, wo sind sie hin?”

Der Wind hatte die Straße leergefegt, und so weit man blickte, war von den beiden Strafverfolgern nichts zu sehen.

“Zu spät”, sagte Seehusen. Er hatte Windbuschs Wagen schon aus den Augen verloren. “Da fahrn sie hin.”

19

Der Teufel kreist

“Du weißt doch, Rudolf, ich wollte immer mal Polizeiwagen fahren!”

Madame Seehusen zog den Gang herein, worauf es krachte und der Wagen einen Satz machte. Ihr Mann wäre mit dem Kopf fast ans Telefon geschlagen.

“Du startest wie ein Tiger”, sagte er. “Ich frag’ mich, wo wir landen werden.”

“Jetzt halt den Schnabel! Sieh zu, daß wir den Anschluß finden. Links oder rechts?”

“Stadtauswärts.”

“Bist du sicher?”

Natürlich war Seehusen nicht sicher, wie denn auch? Nur konnte er sich nicht vorstellen, daß ein amtierender Staatsanwalt es wagen würde, in diesem Aufzug samstags in der City aufzukreuzen; eher würde er inkognito bleiben, draußen vor der Stadt.

Und so war es auch.

Am Waldorfhaus, das weithin lila leuchtete, entdeckten sie den Kübelwagen wieder. Vorbei an Lagerhallen, Kleingärten und Hochhäusern führte die Fahrt zur Autobahn. Die Landschaft öffnete sich; Felder, Wiesen und eine Pferdekoppel, über die kalt der Wind ging. Im Süden blieb die Stadt zurück, ein dunkel umwölktes Frankfurt, über dem ein größerer Sturm aufzog.

"Halt Abstand", sagte Seehusen. "Sonst merken sie etwas."

"Dann müßten sie sich umdrehen. Sie haben nicht mal einen Rückspiegel. Hast du eine Ahnung, wo sie hinwollen?"

"Keine."

Plötzlich staute der Verkehr sich, und Seehusens in ihrem Auto, eingekeilt am Berg, saßen fest.

"Wo sind wir hier?"

"Kurz vor Friedberg."

"Wo Marten mich abgeholt hat? Kannst du noch den Wagen sehen?"

"Nein." Seehusen zögerte. "Das heißt ... ja."

"Was denn nun?"

"Sie versuchen sich durchzuschlagen. Sie haben die innere Bahn verlassen, sind jetzt auf der Standspur. Bestimmt nehmen sie die nächste Abfahrt."

"Dann hilft nur eines ... "

Madame Seehusen beugte sich nach vorn zur Armatur und begann daran herumzutasten.

"Was suchst du?"

"Den Knopf für die Sirene. Und irgendwo müßte auch ein Blaulicht sein. So eins zum Aufstecken, das man wie einen Hut einfach aufs Dach setzt, weißt du?"

Er wußte nicht; er sah nicht so viel fern wie sie, die sich kaum einen Krimi entgehen ließ.

"Meinst du das?"

Er reichte ihr von hinten eine Kiste.

"Nein. Das ist der Verbandskasten!"

"Dann das hier." Er hatte etwas unterm Sitz hervorgezogen, und während er es auspackte, fing das Martinshorn an zu blöken. "Ich möchte wissen, wo das Licht angeht."

Die ersten Fahrer hatten bereits Platz gemacht, weitere folgten, etwas unschlüssig, was sie von der Frau am Steuer mit Sondersignal halten sollten und einem älteren Herrn, der vor sich ein Blaulicht hielt, als wär's ein Zylinder.

"Wenn du es nicht aufs Dach bekommst, halt es aus dem Fenster!"

Madame Seehusen, die mit dem Polizeiwagen inzwischen keine Probleme mehr hatte, gab Gas.

Ein Windstoß riß Seehusen das Blaulicht aus der Hand und wehte es herüber an die Leitplanke.

"Siehst du Windbusch noch?" fragte Madame Seehusen. Von dem Malheur hatte sie nichts mitbekommen.

"Verlaß die Autobahn und fahr nach Friedberg. Und mach das Horn aus, bitte."

Lässig lehnte Madame Seehusen im Polster, die Hände hingestreckt zum Lenkrad. Zwei, drei Überholmanöver, wobei der Gerichtsdirektor die Luft anhielt, und sie hatten den Kübelwagen wieder eingeholt. Besonders eilig schienen es die beiden Männer nicht zu haben.

Steil stieg hinter Friedberg die Straße an. Die Bebauung hatte aufgehört. In den Drähten der Strommasten, die sich weit ins Land spannten, hing der Wind und brachte sie zum Singen.

Madame Seehusen sagte: "Ich glaube, hier ist es gewesen. Hier haben sie mich freigelassen."

"Dreizehn Kilometer bis Hungen", stellte Seehusen fest. "Der Ort, an dem der Hauptmann wiederauferstanden ist."

"Auferstanden? Und wieso gerade dort?"

"Stapff hat etwas angedeutet. Sein Sohn hatte hier Verbindungen, Verbindungen zu alten Kameraden, die dem Vater bei der Wiederaufnahme helfen sollten. Stapff wollte mir davon erzählen, da mischte sich der Sohn ein, und der Alte durfte nicht weiterreden. Schade, sonst ..."

In diesem Augenblick piepste das Telefon. Der Kommissar war dran, derart laut, daß man den Hörer ein Stück von sich weg halten mußte. Er brauchte eine Weile, bis er die Lage begriffen hatte, dann aber schaltete er schnell und sagte zu Seehusen: "Also, meldet euch in fünf Minuten wieder. Das heißt, Marten will noch mit euch reden ..."

"Hallo, Rudolf? Seid ihr okay? Windbusch ist gefährlich, haltet euch zurück. Du weißt, Vorsicht ist die Mutter im Porzellanladen ..."

"... wenn der Elefant nicht da ist. Ich richte es meiner Frau aus."

"Plaudern", unterbrach Madame Seehusen, "könnt ihr später. Ich möchte wissen, was Windbusch vorhat. Sieht aus, als ob er abbiegt."

Es sah nicht nur so aus, es war so.

Vor Hungen, in Wölfersheim, verließ Windbusch die Bundesstraße, fuhr an der Molkerei vorbei und bog in einen Weg ein, der weit hinaus in die Felder führte.

"Halt an!"

"Um Himmels willen, Rudolf!"

"Was ist denn?"

"Sie müssen uns bemerkt haben!"

"Wie kommst du darauf?"

"Du hast etwas vergessen ..."

"Jetzt red doch endlich!"

"Das Blaulicht! Du hast es auf dem Dach vergessen!"

"Ach, das Blaulicht", sagte der Gerichtsdirektor leichthin. "Glaubst du im Ernst, ich hätte das Blaulicht angelassen!?"

Und aufgeräumt setzte er hinzu: "Mit so was muß man sparsam sein."

"Und ich dachte ..."

"Du weißt, das Denken ..."

"Jetzt tön nicht herum. Sag, was zu tun ist! Oder worauf wartest du?"

"Wir gehen zu Fuß weiter", entschied er. "Das Auto wär' zu auffällig."

Er gab dem Kommissar den Standort durch, und dann marschierten beide los. Etwas hatte sich der Wind gelegt, es war aber kalt geblieben und unfreundlich. Das Gehen war anstrengend, und nach einer dreiviertel Stunde, nachdem sie niemand gesehen hatten und nichts, was den Verbleib von Windbusch und dem Wagen erklären konnte, fühlten sie sich müde und verdrossen.

In diesem Augenblick fielen in der Nähe Schüsse.

"Deckung! Hinter die Büsche. Und dann zum Wald hinüber!"

Wieder Schüsse, in regelmäßigen Abständen, wie aus einem automatischen Gewehr. Dazwischen Kommandos, vereinzelt ein Martinshorn und der Lärm von Motoren, die vom Waldrand herüberdröhnten. Gleich dahinter tat sich in der Landschaft ein Abgrund auf, ein Kessel, auf dessen Boden ein halb verfallenes Gehöft sichtbar wurde, mit Nebengebäude und Weiher.

Die Gegend war umstellt von Beamten des Einsatzkommandos: Vergeblich hatten sie versucht, den Hof zu stürmen, um Windbusch und seinen Komplizen festzunehmen, und waren nun damit beschäftigt, sich völlig neu zu formieren.

"Und?" fragte Seehusen seine Frau. "Kommt dir das Haus nicht irgendwie bekannt vor?"

"Bitte", sagte sie. "Laß uns umkehren."

“Madame hat recht”, sagte plötzlich eine Stimme. “Hören Sie auf Ihre Frau.”

Es war der Kommissar. Als wär’ er vom Himmel gefallen, stand er hinter Seehusen, in der Hand eine Pistole. Tatsächlich war er eben im Polizeihubschrauber eingeschwebt, gemeinsam mit dem Oberstaatsanwalt.

“Wo ist Marten jetzt?”

“Vorn am Weiher.”

“Ich muß ihn dringend sprechen.”

“Herr Seehusen, ich warne Sie. Verwechseln Sie das nicht mit Ferien auf dem Bauernhof; wir sind bei einer Wehrsportgruppe! Sehen Sie die Autos hinter dem Kübelwagen? Ausrangierte Feuerwehrautos, je acht Leute gehen rein. Und jeder von denen ist bewaffnet.”

“Dann stimmt es also?” fragte Seehusen. “Ein Staatsanwalt, der eine Wehrsportgruppe leitet ... Wer hätte das gedacht?”

“Sie werden ihn bis auf den letzten Mann verteidigen”, sagte der Kommissar.

“Ich muß mit Marten sprechen”, wiederholte der Gerichtsdirektor. “Kümmern Sie sich um meine Frau?”

“Wenn Sie darauf bestehen. Ich habe Sie gewarnt. Die Typen; sie lauern überall. Wir fordern jetzt Verstärkung an.”

“Rudolf!”

Aber der Gerichtsdirektor hörte nicht mehr. Er schlug sich seitwärts in die Büsche, wollte einen Pfad finden, der außen um das Gehöft herum zum Weiher führte.

Er dachte an Stapffs Sohn, der seinem Vater aus der Haft hatte helfen wollen. Sonntags auf dem Dorf wurde nicht nur Fußball, es wurde auch Krieg gespielt. Das war im Norddeutschen, wo Seehusen herkam, nicht anders gewesen, und das ging schon lange so. Hin und wieder kam wohl vom Verfassungsschutz ein Herr, der schrieb eine Meldung, und dabei war es dann geblieben. Man hatte sich daran gewöhnt, hatte nicht dramatisieren, nicht überbewerten wollen, war davon ausgegangen, daß sich der Spuk von selber legen würde und hatte sie - bis auf die paar Ausnahmen, die durch die Presse gingen - gewähren lassen: diese Spinner! Doch sie waren nicht verschwunden, hatten Zulauf gefunden und Zuspruch, marschierten nachts durch die Dörfer, zündeten anderen Menschen die Häuser an und jagten sie. Nun waren sie wieder wer, man mußte sie ernst nehmen, und je ernster man sie nahm, um so größer wurden sie. So kreiste der Teufel und zog magisch neue Kräfte an, intelligenter, wortgewandter, opportunistisch auch, heimliche Helfer und Helfershelfer, nicht mehr nur vom Rand her, sondern aus der Mitte, mitten aus der Justiz.

Es knackte im Unterholz; hoffentlich nur ein Igel oder sonst etwas Feldgraues!

Dann ein neuerlicher Schreck, etwas zerrte an Seehusens Kleidung, riß seitlich an seinem Mantel.

Kein Grund sich aufzuregen; nur Baumwerk, ein Ast, an dem er mit dem Mantel hängengeblieben war. Gerade erst geflickt, war die Tasche wieder hin, und als Seehusen sich frei machte und den Schaden betrachtete, passierte es: "Hände hoch!"

Da war nichts zu machen, das war kein Holzgewehr, an dem geübt wurde, das war eine Kalaschnikow. Und der Mann, der sie in den Händen trug, meinte es ernst, so ernst wie mit dem Richter Piezonka.

Es war der Typ mit der Schülerbrille, Windbuschs Begleiter aus dem Kübelwagen, und - wenn Madame

Seehusen sich bei der Stimme nicht getäuscht hatte -, Piezonkas Mörder.

Seehusen ergab sich in sein Schicksal, ließ sich abführen, sagte nichts. Aber der Mann fragte auch nichts. Es schien, als hätte er etwas ganz Bestimmtes vor.

Er stieß Seehusen vor sich her; zwang ihn, den Weg ins Tal zu nehmen, zum Gehöft hin; befahl ihm, anzuhalten und abzuwarten; deutete mit dem Kopf zum Himmel, wo der Hubschrauber aufstieg, über dem Bauernhaus eine Runde drehte und dann westwärts entschwebte.

"Los jetzt! Zum Kübelwagen!"

Sie nahmen ihn als Geisel; das hätte er sich denken können. Anfangs war er zuversichtlich. Er saß auf der Pritsche des Kübelwagens und wartete, daß sie mit den Verhandlungen begannen. Die Forderung war klar: sein Leben gegen freien Abzug für die im Haus umstellten Wehrsportmänner. Gewiß, beide Seiten brauchten etwas Zeit, das schon. Aber sie würden dafür sorgen, daß ihm nichts geschah. Und sollte ihm kalt werden, würden sie ihm eine Decke reichen, heißen Tee, vielleicht sogar mit etwas Kognak darin.

So dachte er bei sich, und er war entschlossen, sich nicht zu fürchten.

Es kam aber anders.

Nachdem sie eine Stunde lang verhandelt hatten und sich wegen der Modalitäten des Abzugs nicht einig werden konnten, brach Hektik aus.

Erregte Stimmen drangen aus dem alten Haus, jemand schrie am Telefon, auch ein Schuß war zu hören.

Auf der anderen Seite, bei der Polizei, setzten sie auf Zeit.

Eben landete der Hubschrauber wieder, diesmal mit

dem Psychologen der Polizeischule “Dr. Freud” - richtig hieß er Anders - an Bord.

Ruhig ging er ans Megaphon, und damit ihn ja keiner mißverstand, sprach er mit übergroßer Deutlichkeit: “Männer! Hört ihr mich? Machen wir eine Pause. Ich bestell’ uns allen Pizza. Danach reden wir weiter.”

Die im Haus hielten das für einen Trick. Sie wollten keine Pizza haben, nicht jetzt. Und begannen mit dem Abzug. Einer nach dem anderen trat hinaus auf den Hof, warf seine Waffe auf den Haufen vor den Autos und verabschiedete sich darauf, hackenschlagend, mit dem bekannten Gruß.

Seehusen wandte sich ab und richtete seinen Blick zur Anhöhe hin, wo irgendwo seine Frau sein mußte.

Das Haus leerte sich unter den Augen der Polizei, die beschlossen hatte, nicht einzuschreiten, nur zu beobachten.

Nur von Windbusch war nach wie vor nichts zu sehen.

Sein Komplize, der Seehusen die ganze Zeit in Schach gehalten hatte, wurde unruhig.

Er warf den Motor an, jagte vor das große Tor, hupte ein paar Mal.

Dann sprang er aus dem Wagen, und bevor er ins Haus rannte, brüllte er den Gerichtsdirektor an: “Sie bleiben hier! Versuchen Sie nicht, abzuhauen! Ich warne Sie!”

Von da an überschlugen sich die Ereignisse, und wäre nicht der Videozug gewesen, die Fernsehpolizisten, die alles aufnahmen, man hätte später Mühe gehabt, den Ablauf richtig einzuordnen.

Seehusen blieb nicht einfach sitzen; er rannte, was er konnte, quer über den Platz zum Schuppen hin, um sich in Sicherheit zu bringen. Prompt fielen Schüsse, trafen aber nicht. Dann hörte er Schritte kommen, Stimmen, dann ein

Anruf, eine Warnung. Wieder Schüsse, dann ein Geräusch wie von einem schweren Sack, der umgerissen wird, einen Augenblick Stille und schließlich eine andere Stimme, wohlvertraut, wie eine Erlösung, Martens Stimme: "Windbusch, geben Sie auf! Werfen Sie die Waffe weg!"

Im Tarnanzug stand der Staatsanwalt am Kübelwagen, unterm Arm einen Stoß Akten, die er aus dem Haus mitgebracht hatte. Vor ihm am Boden der Mann mit der Kalaschnikow, tot, hingestreckt von zwei Schüssen, die Windbusch abgegeben hatte, nachdem der Komplize sich dem Befehl widersetzt und auf Seehusen geschossen hatte.

Windbusch legte die Akten auf dem Kühler ab und beugte sich über den Toten.

Von der Toreinfahrt her näherte sich Marten, hinter ihm der Kommissar, den Finger am Abzug, und in den Bäumen um das Gehöft herum jede Menge Scharfschützen.

Windbusch erhob sich, Marten schrie noch etwas, doch im nächsten Augenblick krachte es.

Und der kleine Staatsanwalt, der über sich nicht hatte richten lassen wollen, der sich mit dem letzten Schuß selber richtete, brach zusammen.

20

Schluß jetzt

“Windbusch hat dir das Leben gerettet.”

Madame Seehusen saß dicht neben ihrem Mann, als der Hubschrauber aufstieg, um sie zurück nach Frankfurt zu bringen.

Seehusen sah unter sich den Tatort liegen.

Zwei schwarze Planen bedeckten den Boden, wie Müllsäcke, bereit zum Abholen. Dazwischen lief ein Hund herum; erst als ein Beamter kam und in die Hände klatschte, ließ er von Windbuschs Stiefel ab.

Als der Hund am Tor war und den langen Weg zum Dorf einschlug, erkannte man, daß er auf drei Beinen lief und humpelte.

“Jetzt sieh dir mal die Akten an, Rudolf”, sagte Marten. Er saß vorn im Cockpit und hatte vor sich auf den Knien die Kiste mit beschlagnahmten Unterlagen. “Nicht zu fassen. Alles Nazi-Täter, rechtskräftig Verurteilte. Windbusch sollte ihnen helfen. Weißt du, was mir durch den Kopf geht? Daß Windbusch nicht verstanden hat, warum wir Gnade nicht vor Recht ergehen und sie nicht laufenlassen können. Gerad’ heute nicht.”

“Vergiß nicht, er war bereit, über Leichen zu gehen. Warum hat Piezonka sterben müssen? Weil er ihnen auf die Spur gekommen war.”

“Du meinst, es steckt viel mehr dahinter? Und für einen toten Windbusch kämen zehn neue her?!”

“Habt ihr Piezonkas Tagebuch gefunden?” fragte Seehusen.

“Bisher nicht. Aber ich verspreche dir, wir werden es finden. Und wenn ich die Justiz auf den Kopf stelle.”

“Schaut mal, da unten!” rief Madame Seehusen. “An der Straße!”

“Der Kommissar! Er wär’ gern mitgeflogen. Statt dessen muß er wandern gehen.” Marten lachte. “Hoffentlich findet er sein Auto wieder.”

“Nein, nicht der Kommissar. Ich mein’ den rotweißgrünen Lieferwagen, der da kommt. Wißt ihr, wer das ist? Der Italiener mit der Pizza!”

“Euer Dr. Freud!” sagte Seehusen. “Er vergißt nichts, er braucht nur seine Zeit!”

- ENDE -

Das große Preisrätsel für alle Spürnasen unter den Lesern:

FRAGE:

Wie viele ZEBULON-Figuren verstecken sich in "Unter der Robe"?

Finden und zählen Sie die ZEBULON-Figuren in diesem Buch (von der ersten bis zur letzten Seite), schreiben Sie den Titel des Krimis, die Anzahl der ZEBULON-Figuren und Ihren Absender auf eine Postkarte und senden sie an:

ZEBULON VERLAG
Kennwort: Preisrätsel
Oststraße 11
40211 Düsseldorf

Sie können bis Ende 1995 an **drei Verlosungen** teilnehmen, immer jedoch nur mit einem Titel aus unserer Krimireihe. Wir verlosen am

15. Juli 1995 - Einsendeschluß 30. 06.1995
15. Okt. 1995 - Einsendeschluß 30. 09.1995
15. Jan. 1996 - Einsendeschluß 31. 12.1995
Es gilt jeweils das Datum des Poststempels.

Wir ziehen bei jeder Verlosung **10 Preisträger**, die aus dem ZEBULON Verlagsprogramm jeweils **10 Bücher** ihrer Wahl gewinnen können.

Der Rechtsweg ist ausgeschlossen. Mitarbeiter des Verlages und Angehörige des Buchhandels sind von der Verlosung ausgeschlossen.

Ein guter Krimi kommt selten allein ...